www.ingramcontent.com/pod-product-compliance
Lightning Source LLC
LaVergne TN
LVHW010826051026
849532LV00007B/2622
9789358721683

زخمِ تمنا

(افسانے)

واجدہ تبسم

Zakhm-e-Tamanna *(Short Stories)*
by: Wajida Tabassum
Edition: July '2025
Publisher :
Taemeer Publications LLC (Michigan, USA / Hyderabad, India)

ISBN 978-93-5872-168-3

کتاب	:	**زخمِ تمنا** (افسانے)
مصنفہ	:	**واجدہ تبسم**
صنف	:	فکشن
ناشر	:	تعمیر پبلی کیشنز (حیدرآباد، انڈیا)
سالِ اشاعت	:	۲۰۲۵ء
صفحات	:	۱۱۲
سرورق ڈیزائن	:	تعمیر ویب ڈیزائن

فہرست

نتھ اُترائی

رمضان شریف کی آمد آمد تھی — جہاں آرام، جو دراصل جہاں آرا بیگم۔ بلکہ دراصل "جنیوں" تھیں۔ رمضان شریف میں بے حد پاک باز بی بی بن جاتی تھیں۔ ڈھولک اور ہارمونیم پر غلاف چڑھا دیتی تھیں — بھلے روزے نہ رکھتیں، مجُرے بھی نہ کرتیں — اپنے خیالوں کی جنت میں ایک شاندار محل کی تعمیر میں منہمک ہو جاتیں — اکلوتی بٹیا چمن آرا بیگم کو بھی ان کی سختی سے یہی تاکید اور تعلیم تھی، کہ بی بی اعمال جیسے کچھ بھی ہوں — مذہب اپنی جگہ ہے — ویسے دلداروں کا آنا جانا سال کے اور گیارہ مہینوں کی طرح اس مُبارک مہینے میں بھی لگا لپٹا ہی رہتا۔ لیکن بس دُور دُور سے صاحب سلامت رہتی — نزدیک آنے کا سوال ہی پیدا نہیں ہوتا تھا۔ چوما چاٹی کا کیا ہے وہ تو چلتی رہتی ہے — ہاں، "حرام کام" سختی سے ممنوع قرار پاتے — ویسے چمن آرا بیگم ان باتوں سے ابھی دُور ہی تھیں —

چاندرات کو چمن آرا نے بڑی لگن سے پوچھا "امی جان ـــــ کل کا پہلا روزہ ہے ـــ رکھ نہ لوں ـــ جہاں آرا سے پہلے کلّے خاں بول اُٹھے ـــ

"ہاں ہاں رکھ لو ـــ کیا مضائقہ ہے۔"

"ہاں ہاں رکھ لو ـــ کیا مضائقہ ہے!" جہاں آرا شیرنی کی سی گرج کے ساتھ ہاتھ نچا کر کلّے خاں کو گھور کے بولیں ـــــ "اور جو تیرے باپ آئیں گے اُن کے ساتھ ہنسے گا بولے گا کون ـــ؟ تیری ماں ـــ؟ یا میں؟"

چمن آرا بلّی کی طرح سہم کر دبک گئی ـ کلّے خاں اس تو تڑاق کے، آج کل سے نہیں مدّتوں سے عادی تھے، جب سے جنیوں کو بھگا کر لائے تھے ـــ پہلے ایسا بھی پتلا حال نہیں تھا کہ جو بھی وہ کہے یہ سُن لیا کریں ـ پہلے تو یہ برابری کا معاملہ تھا، بلکہ خود جنیوں کی ہی ان سے کور دبی تھی ـــــــ پہلے پہل گھر سے بھاگی ہوئی لڑکی کا یہی حال ہوتا ہے، سو جینوں کا بھی یہی تھا ـ ڈر تو گھُٹی میں پڑا ہوا تھا ـــ سوتیلی ماں کی مار پیٹ، کوسنوں سے ڈر ڈر کے یہ حال ہو گیا تھا کہ کسی نے پکارا تو نظر اُٹھا کے دیکھنا بھی قیامت! لیکن جیسا کہ ہر لڑکی بہر حال ایک قیامت ہوتی ہے، جینوں بھی اگر قیامتِ کبریٰ نہیں تو قیامتِ صغریٰ ضرور تھی ـــ میراثنوں کے دھندے میں یہی ایک خُوبی ہے کہ لڑکی گھر سے بھاگ بھی جائے تو برادری میں چوں چوں نہیں ہوتی ـــــ چڑیوں کا تو وطیرہ ہی ہوتا ہے آج اس ڈال تو کل اُس ڈال ـ ڈر سہتے سہتے ایسی معصوم ہرنی جیسی بن گئی تھی کہ اگر کسی کو نظر بھر کر دیکھ لیتی تو وہ وہیں گھائل ہو جاتا ـ محلے میں ایک بار ماں کے ساتھ پیٹی بجانے کسی رئیس کی محفل میں گئی ـــ ہارمونیم بجاتے بجاتے دو ایک بار کسی سے آنکھیں ملا بیٹھی ـ ملاقاتیں بڑھتی گئیں، پتہ چلا موٹر چلانے پر نوکر ہیں ـــ اِتنی اُتنی نہیں پورے ڈیڑھ سو تنخواہ پاتے ہیں ـــ ہُنر ہاتھ میں ہو تو انسان کہیں بھی ہاتھ پاؤں چلا سکتا ہے ـــ آگرہ کیا اور بمبئی کیا ـ ویسے تو دُنیا جانتی

ہے کہ سارے دُنیا بھر کے بھگوڑوں کو پناہ دینے کا باقاعدہ ٹھیکہ بمبئی نے لے رکھا ہے۔ پھر کلّے خاں اور جینوں کیا دو آدمیوں کی جگہ اتنی بڑی بمبئی میں نہیں نکل سکتی تھی۔؟

قدرت بھی بڑی فیاض ہے — کم سے کم غریبوں کو حُسن بخشنے کے معاملے میں — ورنہ حُسن بھی اگر بازار میں دُکان پر بکنے والی شے ہوتی تو یہ کم بخت امیر تو پیسے والے ہونے کے ساتھ ساتھ حسین بھی بن کر بیٹھ جاتے، مگر یہ بھی تو خُدا کی بڑائی کا ایک بیّن ثبوت ہے کہ جسے چاہے حُسن کی دولت سے نوازے!! تھی تو ایک میراثن بچی — جس کی ساری زندگی لوگوں کی شادیوں کی جھوٹن کھاتے، دُلہن کی اُترن پہنتے اور بیل اور صدقے کے پیسے چُھنتے گزری۔ لیکن کوئی صورت دیکھتا تو دیکھتا ہی رہ جاتا۔ شاہزادیوں جیسا تمکنت بھرا حُسن پایا تھا کم بخت نے۔ اور سوتیلی ماں کا ظلم بھی یہاں سونے پر سُہاگے کا کام کر گیا۔ آنکھوں میں ایسی مظلومیت اور سہما پن مقام کر گیا کہ جو بھی دیکھتا اُس کا جی چاہتا کہ ایسی معصوم اور مظلوم ہستی کو اپنے کلیجے میں بھر لے — مردوں کی ایک خاصیت یہ بھی ہے کہ وہ ہر دُکھی لڑکی کو کلیجے سے لگا کر اس کا غم بُھلا دینا چاہتے ہیں —!

آگرہ سے بھاگ کر آئی تو جینوں کے دل میں ہزار وسوسے تھے — "اللہ جانے بمبئی اور بمبئی والے کیا سلوک کریں —" لیکن جان پہچان کے کسی دُور دراز کے دوست نے سہارا دیا تو اسے لگا کہ: دُنیا اتنی بُری بھی نہیں جتنی لوگ بتاتے ہیں۔ کلّے خاں نے اس سے باقاعدہ عقد تو کبھی نہیں کیا، لیکن تھا بڑا عقل مند، چار آنے والی سیاہ باریک موتیوں کا پیچ لڑا پہلے ہی اس کے گلے میں باندھلایا تھا کہ سُہاگن سمجھی جائے۔ اور بمبئی کے چلن کے مطابق "منگل سوتر" گلے میں پڑا دیکھا تو کسی نے پوچھنے یا سوچنے کی بھی زحمت نہ کی کہ اصل معاملہ کیا ہے — حالانکہ کلّے خاں بے حد رُعب داب سے سمجھاتا آیا تھا — شادی ہم نے کی ہے نہ کریں گے۔

مگر کوئی بھی پوچھے مہر کتنا ہے تو کہہ دینا گیارہ ہزار ہے ـــــ" ویسے وہ گیارہ ہزار چھوڑ گیارہ لاکھ بھی کہہ دیتی تو کلّے خاں کا کون سا دیوالہ پٹ جاتا۔ یوں بھی آج کل تو فیشن کے طور پر مہر باندھتے ہیں۔ ادا کون کرتا ہے ـــــ اس نے سر ہلا کر معصومیت سے کہہ دیا" اچھا ـــــ"

" اور کوئی پوچھے جہیز کا سامان کہاں ہے تو کہہ دینا کہ ابھی نئے نئے آئے ہیں کہاں سامان بٹورتے پھرتے۔ اس لئے میکے ہی میں دھرا ہے۔"

" کہہ دوں گی ـــــ" وہ بے حد فرماں برداری سے بولی۔" اور اگر کسی نے زیورات کے بارے میں پوچھا تو ـــ؟" اس معاملے میں خود کلّے خاں بھی پریشان تھے ـــ کیوں کہ زیور تو ایسی چیز ہے بھئی کہ عورت جسم پر لادے رہتی ہے ـــ نہیں سو پچاس تولے تو دو چار تولے ہی سہی۔

میں بول دوں گی ابھی ماں کے پاس ہی دھرا ہے ـــ کلّے خاں نے جز بز ہو کر اسے ٹوکا ـــ" ماں نہیں پڑھے لکھوں کی طرح امّی جان کہو بھئی ـــ کلّے خاں چھ کلاس پاس تھے۔ اور بڑے گھر میں ڈرائیور رہتے۔ اس لئے سز بان دانی کا خاص خیال تھا۔

جینوں نے مُسکرا کر دیکھا۔ یہ مُسکراہٹ بڑی ہی معنی خیز، بڑی ہی حوصلہ خیز، بڑی ہی خاموش کٹاری جیسی تھی ـــ جیسے کہتی ہو ـــ سب سمجھتی ہوں ـــ تم چھ کلاس پڑھے ہو ـــ دیکھنے دکھلانے میں بھی اچھے ہو ـــ عزت کا خیال رکھتے ہو نہیں چاہتے کہ کوئی سمجھے کہ یہ بیوی بیوی نہیں بھگوڑی ہے ـــ تمہیں عزت چاہئے نا ـــ؟ ٹھیک ہے میں تمہاری عزت کو اپنے ہاتھ میں رکھ رہی ہوں ـــ"

وہ دوسرا ہی دن تھا ـــ نہا دھو کر جینوں جب گیلری میں آئی تو پاس پڑوسنیں حیرت سے اُسے دیکھنے لگیں ـــ کلّے خاں بھگا کر لایا تھا تو کیا ہوا ـــ اس کی جوانی کا میٹھا میٹھا رس پیا تھا تو کیا ہوا، اس کے بدلے میں پیار بھی تو دیا تھا۔ اور

کپڑے لتے بھی سلیقے کے ـــ اس وقت وہ پھول دار جارجٹ کی ساڑی پہنے ہوئے تھی ـ کاجل بھری کالی آنکھیں اور لپ اسٹک سے سجے سجے سُرخ سُرخ ہونٹ ـــ پڑوسنوں کی ہمت نہ ہوئی کہ اُسے بہن یا آپا کے نام سے مخاطب کریں ـــ ایک نے ڈرتے ڈرتے پوچھا۔

"بیگم صاحبہ آپ کہاں سے آئی ہیں ـــ" دیوالی کے پٹاخوں میں ایک چیز ہوتی ہے انار ـــ اس کم بخت کو آگ لگا کر چھوڑ دو تو بس پھر اُوپر ہی اُوپر چلا جاتا ہے نیچے آتا ہی نہیں ـــ" بیگم صاحبہ کا فلیتہ ایسا لگا کہ تینوں اُوپر ہی اُوپر چڑھتی گئی ـــ اب نیچے آنے کا سوال ہی پیدا نہیں ہوتا تھا ـــ

"آگرہ سے ـــ" اس نے تمکنت سے جواب دیا جیسے پورا آگرہ اس کی تحویل میں تھا۔

"آپ جتنی خوب صورت ہیں ـــ آپ کا نام بھی اتنا ہی خوب صورت ہوگا" کسی اسکول کی لڑکی نے مُسکرا کر پوچھا۔

بس یہی ایک لمحہ تھا جب وہ پاتال میں گر سکتی تھی. لیکن وہ بر وقت سنبھل گئی ـــ اس نے نزاکت سے پلّو سر کے گرد لپیٹا ـــ اک بیگماتی شان اس کے چہرے سے چھلکنے لگی ـــ وہ ذرا مُسکرا کر بولی.

"جہاں آرا بیگم ـــ" پچھلی بار، بھاگنے سے کچھ دن پہلے جس گھرانے میں ماں کے ساتھ بار مونیم بجایا تھا، وہاں دُلہن کا نام جہاں آرا بیگم ہی تو تھا. اور اُسے اچھی طرح یاد تھا پیار سے اس کی سہیلیاں جب اُسے دولہا کا نام لے لے کر چھیڑ رہی تھیں تو بجائے پورا نام لینے کے جینوں ـ جینوں کہتی تھیں ـ تو کیا وہ جینوں سے جہاں آرا بیگم نہیں بن سکتی ـ نام بدل لینے میں کون سے ہاتھی گھوڑے اور طمطراق لگتا ہے؟ یہ ضرور ہے کہ اب تک کی زندگی بڑی بدمزگی، بے کیفی اور بے عزتی میں گزری تھی ـ اب اپنے گھر میں تو

جو عزت بھی سو تھی، لیکن شادی کے گھروں میں ڈومنیوں اور میراثنوں کی کیا عزت ہوتی ہے
؟ گھر والے ساتھ بٹھانا تو دُور رہا کھانا تک زمین پر کھِلاتے ــــ!! سب کے بعد
میں دسترخوان لگا دیا جاتا ہے کہ اپنے کُنبے کے ساتھ لپڑ چپڑ کھاتے رہو ــ اور پھر پیسے
والوں کا برتاؤ ــ؟ کتنی بار ایسا ہوا کہ اندھیرے اُجالے کسی نہ کسی نے موتیا کے ہار ن کی
کی طرح سینہ پکڑ کر دبا دیا ــ اس میں بوڑھوں اور جوانوں کی بھی قید نہ تھی۔ بس موقع
مِلنے کا سوال تھا ــ اور وہ رازوں کے اسرار سے پردے اٹھاتی ہوئی ایک عجیب و غریب
رات ــ!! گرمی کے مارے جب وہ شادی کے گھر کے باغ والے برآمدے میں اکیلی سوئی
پڑی تھی تو کسی نے اندھیرے میں اس کا آزار بند کھول دیا تھا اور جب تک کہ وہ حالات
کی پیچیدگی کا جائزہ لیتی۔ یا کچھ سوچ ہی پاتی ــ سب کچھ برابر ہو چکا تھا اور کرکراتے
کاغذ کی ایک چھوٹی سی تہہ اس کی ہتھیلی میں پڑی فریاد کئے جا رہی تھی ــ اُجالے میں
چلو اور مجھے دیکھو ــ تمہیں پتہ تو چلے تمہاری قیمت کیا ہے ــ تمہارا مول کیا ہے۔ بڑی مُشکل
سے وہ اُٹھی تھی ــ باہر جا کر ملگجے اُجالے میں نوٹ کی تہہ کھولی اور بس دیکھتی ہی رہ گئی ــ
وہ ایک روپے کا نوٹ تھا!! اُسے ہنسی آ گئی۔ اگر وہ جواں مرد یہ ایک روپیہ بھی نہ دیتا تو
میں اس کا کیا بگاڑ لیتی ــ؟ لیکن چلو اچھا ہے اس نے راستہ تو بتا دیا کہ یہ بھی ایک دُکان
ہے جو چلائی جا سکتی ہے؟

گو یہ دکان ابھی زیادہ دنوں نہیں چلی تھی کہ اس کے دل پر محبت کا وار چل گیا۔
اور وہ اپنے پیچھے ایک سڑی ماری دُنیا چھوڑ کر کلّے خاں کے ساتھ چلی آئی ــ اور دراصل
اُسے آگے چلتے ہوئے، پیچھے چھُوٹ آنے والی دُنیا کا رتی بھر بھی ملال نہ تھا! نہ ہی ڈر ــ
ڈر ہوتا بھی کا ہے کا ــ؟ دُنیا میں سب سے زیادہ ڈر کسی بھی عورت کو اپنی عزت لُٹنے کا ہوتا
ہے ــ جب عزت ہی نہیں رہی تو پھر ڈر کا ہے کا ــ؟ جو دُکان آگرہ میں چار لوگ مل کر
چلاتے تھے یہاں اکیلا کلّے خاں چلائے گا۔ بات بالکل ایک ہی تھی ــ بہرحال پیسے کی

ضرورت تھی جو پہلے بھی تھی اب بھی تھی۔ پہلے بھی وہی طریقہ تھا اب بھی وہی طریقہ تھا۔ اور ویسے دیکھا جائے تو، اس نے ٹھنڈے دل سے سوچا۔ یہ مولوی کی موجودگی میں، وکیلوں کی گواہی میں جو نکاح پڑھائے جاتے ہیں اور عورت کو کسی ایک مرد کی قید میں زندگی بھر کے لئے دے دیا جاتا ہے تو بالکل وہی سلسلہ ہے عورت سے رات کو کچھ لیتے رہو اور دن بھر اس کے معاوضے میں کپڑا لتا، کھانا دانہ دیتے رہو۔۔۔!!

ایک لفظ "بیگم صاحبہ" نے اُسے کہاں سے کہاں پہنچا دیا تھا۔۔۔!!

اس کا رکھ رکھاؤ دیکھ کر کسی کو اس سے زیادہ باتیں بھنگارنے کی ہمت نہ پڑی۔۔۔!

کلّے خاں کے دوست نے اپنے دوست اور بھابی کی آمد کی خوشی میں محلے ہی میں ایک پارٹی کا انتظام کر ڈالا۔۔۔ ایک گھر میں ہارمونیم بھی تھا۔ چائے پارٹی کے بعد گانے بجانے کی محفل جمی اور کسی نے یونہی سرِ راہ بھابی جہاں آرا بیگم سے گانے کی فرمائش کر ڈالی تو وہ تمکنت سے اپنا پلّو سنبھالتی ہارمونیم پر جا بیٹھیں، نازک اُنگلیوں سے ایسے سُر نکالے اور ایسا اچھا گیت گایا کہ محفل دنگ رہ گئی۔۔۔ اور پھر تعریف و توصیف کا ایسا سلسلہ اور شور اُٹھا کہ کلّے خاں کی، جو ایکساں جہاں آرا کو گھر چلنے کو کہہ رہا تھا، آواز ہی دب کر رہ گئی۔۔۔ اور پھر یوں ہوا کہ ہمیشہ کے لئے کلّے خاں کی آواز ہی دب کر رہ گئی۔۔۔ کیوں کہ پھر یوں ہوا کہ جہاں آرا بیگم نے توڑ جوڑ کر کے اپنا ایک ہارمونیم خرید لیا اور رات کو گانے بجانے کا سلسلہ شروع کر لیا۔۔۔ پہلے پہل تو محلے والے آتے، خوش ہو کر داد دیتے، اور اپنی خوشی کا اظہار پیسے دو پیسے دے کر کرتے۔ پھر ذرا بڑے پیمانے پر یہ محفلیں جمنے لگیں۔۔۔ جب عورت کمانے لگتی ہے تو عورت کے مونہہ میں زبان کی جگہ ایک دھار دار چھُری آجاتی ہے۔۔۔ اور یہ کمائی جب اپنی ہی دُکان کی ہو تو چھُری دو دھاری ہو جاتی ہے۔ اور مرد جب دیکھتا ہے کہ عورت کی دُکان خوب چل رہی ہے

گڑبڑی بہت بڑھ گئی ہے تو وہ اپنی زبان بند کر لیتا ہے۔ کیونکہ بہر حال دو چیزیں ساتھ نہیں چل سکتیں۔ یا تو دکان چلے یا زبان چلے ـــ پہلے پہل کلّے خاں کی زبان زیادہ چلنے لگی تو اسے اپنی محفلوں کی بدمزگی جان کر جہاں آرا نے اسے افیم دینی شروع کر دی ـــ پھر وہ افیم کا اس قدر عادی ہو گیا کہ ہر بات سے بے فکر ہو گیا۔ بے فکری نے زبان بالکل ہی بند کر دی اور یوں جہاں آرا بیگم کی دُکان خوب چل اُٹھی۔

وقت نے ہر طرح کا سلیقہ اور قرینہ سِکھا دیا۔ سب سے پہلے جہاں آرا بیگم نے اس گندے محلّے کو چھوڑ کر ایک اعلیٰ سوسائٹی میں شاندار فلیٹ کرائے پر لیا ـــ نئے فیشن کے رنگ ڈھنگ سے فلیٹ کو آراستہ کیا۔ لیکن ایک کمرہ اپنے پُرانے پن کی تہذیب کی یادگار بنا کر رکھا۔ بڑا سا نرم گدیلا ـــ اس پر شفاف سی چاندنی بچھی ہوئی۔ بڑے بڑے گاؤ تکیہ ـــ ملائم گال تکئے۔ بازو تکئے ـــ ایک کونے پر چاندی کا بڑا سا پاندان دھرا ہوا ـــ پان کی وضع کا ناگردان، جس میں سلیقے سے لگے ہوئے پان رکھے ہوئے ـــ کونے میں اگالدان، ایک کونے میں قالین پر طبلے، ہارمونیم، ڈھولکی اور کچھ ساز محض سجاوٹ اور رُعب داب کے لئے۔ اور پھر اسی کمرے میں قالین اور گدیلے کو چھوڑ کر چکنا بڑا سا فرشی حصہ یونہی چھوڑ دیا گیا تھا کہ ناچنے کے کام آئے ـــ اس کے ساتھ ہی ایک اور کمرہ لگا ہوا تھا۔ جو ہر چہار طرف سے آئینوں سے گھرا ہوا تھا۔ یہاں ایک ڈبل بیڈ مسہری سَجا لگا ہوا تھا ـــ ایک نوبیاہتا جوڑے کے کام آنے والی ہر چیز یہاں سلیقے سے رکھی ہوئی تھی ـــ کاروبار بڑھ گیا تھا نا ـــ کئی بار ایسے موقع آجاتے کہ کسی نہ کسی کو یہیں فلیٹ ہی میں "سنبھالنا" پڑ جاتا ـــ یہ کمرہ ایسے ہی موقعوں کے لئے بطورِ خاص بنایا اور سجایا گیا تھا۔ اندر اور بھی کئی کمرے تھے جن میں نوکر، نوکرانیاں رہتیں ـــ ایک کمرے میں کلّے خاں نشہ کئے پڑے رہتے ـــ ان کے کمرے پر ہمیشہ پردے جھولتے رہتے ـــ عورت جب تک پردے میں رہتی ہے اسے قدم قدم پر مرد کے

سہارے کی ضرورت محسوس ہوتی ہے لیکن جب وہ پردے سے باہر آتی ہے تو مرد اس کے لئے بے مصرف چیز بن کر رہ جاتا ہے۔ اور کلّے خاں تو اس کے لئے بہت ہی جلد بے مصرف بن کر رہ گئے تھے ـــــ بھگوڑی عورت کے لئے دُنیا اپنے دروازے کھول دیتی ہے۔ مگر مرد بھگوڑا ہو کر نکھٹو بن جاتا ہے ـــ ڈرائیوری مل تو ضرور جاتی اگر کوشش کرتے۔ مگر جس مرد کو گاڑی کی بجائے عورت چلانے کی عادت پڑ جائے اُسے پھر نوکری کرنے کی ضرورت ہی باقی نہیں رہ جاتی۔ پہلے پہل گانے بجانے کے پیسے آئے تو کلّے خاں کو بڑا بُرا لگا تھا، لیکن جب کوئی اور بھی آمدنی گھر کی رونق بڑھانے لگی تو وہ مار پیٹ پر اُتر آیا۔ لیکن یہ سلسلہ بہت ہی کم دنوں چلا۔ کیوں کہ ایک دن لڑائی لڑائی میں جہاں آرا نے ایسی کم ظرفی کی بات کی کہ وہ سُن ہو کر رہ گیا ـــ اس کے پرس میں پانچ سو کے نوٹ دیکھ کر کلّے خاں نے بدچلنی کا الزام لگایا ـــ تو وہ بڑی رعونت کے ساتھ بولی ـــــ

"تم تو اپنا ہُنر آگرہ ہی میں گروی رکھ کر آگئے تھے ـــ یہاں آکر ایک دن بھی نوکری کی؟ اگر میں ہی حالات کو نہ سنبھالتی تو پتہ چلتا؟" وہ چلّایا ـــ "حالات ایسے سنبھالے جاتے ہیں کمینی؟" وہ تڑاخے کے ساتھ بولی۔

"روپے روپے میں آزار بند کھُلوانے والی اگر ایک ایک رات کے پانچ پانچ سو کمانے لگے تو کیا پھر بھی وہ تجھ جیسے ڈھیلے نامردے کو اپنا شوہر مانے گی ـــ؟؟"

"کمینی ـــ گندی ـــ چُڑیل ـــ اپنی زبان سے خود اپنے کرتوت مجھے سُنا رہی ہے ـــ" وہ ہاتھ بڑھا کر لپکا۔ لیکن اس نے اپنا سونے کے کنگنوں سے جھم جھماتا ہاتھ بڑھا کر مرد کا ہاتھ مروڑ کر نیچے گرا دیا۔

"آئندہ سے مارنے کی ہمت بھی نہ کرنا کلّے خاں۔ تُم کو پتہ نہ ہو تو سُنا دوں، میرا نام جہاں آرا ہے، میں دُنیا بھر کو آرام دینے کے لئے پیدا کی گئی ہوں صرف

تم اکیلے کو نہیں ـــــ مجھے ـــــ؟ اور ویسے دنیا والے مجھے جہاں آرا بیگم کے نام سے جانتے ہیں ـــــ میرا مہر گیارہ ہزار روپے ہے ـــــ اور میرا سارا جہیز اور زیور ابھی تک میکے میں رکھا ہوا ہے۔ کبھی بھی دن یہاں سے غائب ہو جاؤں تو کوئی یہ نہیں پوچھے گا کہاں گئی۔ سب سمجھیں گے اپنے میکے چلی گئی ـــــ لیکن ڈھیلے خاں میں تمہیں چھوڑ گئی تو تمہارا کیا ہوگا ـــــ؟ نشہ پانی کہاں سے کروگے؟"

یہاں آکر کلّے خاں مجبورِ محض ہو کر رہ جاتا تھا ـــــ اور اسی لئے اس نے ہونٹوں پر قفل ڈال لیا تھا ـــــ اور اسی خاموشی سے خوش ہو کر جہاں آرا نے کلّے خاں کو مستقل "خان بہادر" کا خطاب دے دیا تھا۔ جس میں تعریف اور عزت کم اور ذلت زیادہ نمایاں تھی ـــــ

انہی سالوں میں پتہ نہیں کس دل والے کی دین تھی، ایک بیٹی جہاں آرا کے پیدا ہو گئی تھی ـــــ جسے خان صاحب خوش ہو ہو کر اپنی بیٹی کہہ کر پال رہے تھے ـــــ حالانکہ حقیقت یہ تھی کہ مدتوں سے جہاں آرا نے کلّے خاں کے ساتھ بھائی بہن کا سا رشتہ باندھ رکھا تھا۔ لیکن وہ سوچتی برا بھی کیا ہے۔ دنیا میں رہنا ہے تو اپنے لئے نہیں، بیٹی کے مستقبل کے لئے ایک نام نہاد باپ کا وجود بھی تو ضروری ہے ہی ـــــ کیا برا ہے اگر یہ پاپڑ ہی آڑ بن جائے؟ ویسے یہ بات اپنی جگہ صحیح تھی کہ اسے بھی نہیں معلوم تھا کہ اس کا اصلی باپ ہے کون ـــــ؟

لیکن کلّے خاں نے چمن آرا کو واقعی بیٹی کی طرح چاہا ـــــ نشے کی ٹوٹ ہوتی تو اسے اردو سے لے کر نماز، روزہ، قرآن شریف تک سمجھاتا پڑھاتا۔ زمانے کا رنگ دیکھتے ہوئے خود جہاں آرا نے ہی اسے انگریزی اسکول میں ڈالنا چاہا ـــــ لیکن ہوا یہ تھا کہ چند سالوں سے اس نے خود کو ڈیرے دار طوائف

کی حیثیت سے منوالیا تھا —— سارا زمانہ جاننے لگا تھا کہ آگرہ کے نامی گرامی گھرانے کی تہذیب یافتہ مغنیہ، گلوکارہ بمبئی میں آبراجی ہیں —— پتہ نہیں کتنی چوَنی اٹھنّی میں رات بتانے والی بمبئی آکر آگرہ غریب کی شان بڑھارہی ہیں، بہرحال جہاں آرا نے تو خود کو اس حیثیت سے منوا چھوڑا تھا کہ نوابوں کے صاحبزادے میرے گھر تہذیب اور رکھ رکھاؤ سیکھنے آیا کرتے تھے!! اور یقین نہ کرنے کی کوئی وجہ بھی نہ تھی —— تو بھئی اب ایسی ڈیرے دار بیگم صاحبہ کی بیٹیا کو انگلش تعلیم زیبا نہیں دیتی —— اسی مارے انہوں نے گھر ہی پر ممّیا کو ہر ہر قسم کی تعلیم دلوانی شروع کی —— اس میں پڑھائی لکھائی سے لے کر ناچ گانا بجانا سب ہی کچھ شامل تھا —— ناز و انداز سیکھنے اور دکھانے کی خاطر جہاں آرا اپنی محفلوں میں جان بوجھ کر ممّیا کو بھی بلا کر بٹھاتیں —— ہر چند کہ چڑیا کے بچے کو اُڑنا اور مچھلی کے بچے کو تیرنا سکھانا نہیں پڑتا، لیکن اپنی طرف سے کسر کیوں چھوڑی جائے —؟؛ ایک طرف میک اپ کی تہیں دبیز سے دبیز تر ہورہی تھیں، اور دوسری طرف آگ برساتی جوانی بہار پر آرہی تھی —— اور اس دن جہاں آرا بیگم نے زمانے کے آگے ہتھیار ڈال دیئے، جب ان کے ایک ملنے والے صاحب زادے قمرالزماں صاحب جو کہ عمر میں ممّن آپا سے تگنے چوگنے ہوں گے، ترچھی نظروں سے ہوس خیز نظروں سے اُسے گھورتے ہوئے کہا:

"بیگم صاحب —— اتنی تیکھی ناک میں یہ سونے کی حقیر نتھنی کچھ زیب نہیں دیتی ——"

"جی ہاں ——" وہ سینے میں اُبھرتے ہوئے اُبال کو دبانے کی ناکام کوشش کرتی ہوئی بولیں: "میں نے ایک نتھ صرافے میں دیکھی ہے، ہمت نہیں پڑتی —— ہیں تو چھوٹے چھوٹے پندرہ ہیرے —— لیکن کم بخت

سوا لاکھ قیمت تبار ہا تھا۔۔۔۔۔۔"

"آپ بھی کمال کرتی ہیں ۔۔۔۔۔۔ سوا لاکھ بھی کوئی چیز ہے؟" انہوں نے ہاتھ بڑھایا ۔۔۔۔۔۔ "لیکن وعدہ رہا کہ یہ سعادت بس ہمیں ہی حاصل ہوگی ۔۔۔۔۔۔"

جہاں آرا بیگم نے اُن کی ہتھیلی پر اپنی ہتھیلی رکھ دی ۔۔۔۔۔۔ یہی وہ ہاتھ تھا جو آج تک اُن کے اپنے ہاتھ کے لئے بے قرار رہتا تھا ۔۔۔۔۔۔ گو تعلقات جسمانی حدود تک کبھی نہیں آپائے۔ کیوں کہ جہاں آرا بیگم عمر کے اس دور میں تھیں جب کہ لاکھ بندھے کسے رہنے کے باوجود بھی جسم میں ڈھلک آجاتی ہے، اور کپڑوں سے بے نیاز جسم یہاں وہاں سے اوجھڑی کی طرح لٹکا لٹکا نظر آتا ہے، اور ایک رنڈی جب اپنے جسم کی اس بے وقعتی سے آگاہ ہوجاتی ہے تو محض بات چیت، اداؤں اور لگاوٹ سے گاہکوں کو رجھانا اور ٹرخانا شروع کردیتی ہے۔ جہاں آرا نے بچپن سے غریبی کا منہ دیکھا تھا ۔۔۔۔۔۔ پیسے کے لئے بے آبرو ہوئی تھیں ۔۔۔۔۔۔ روٹی کے چھوٹے ٹکڑوں کے لئے شادیوں میں بدھائیاں گائی تھیں۔ اور اندھیرے اُجالے اپنے کومل جوانی کے کچے پکے پھل نچوائے تھے۔ وہ خوب سمجھتی تھیں پیسہ کیا ہوتا ہے۔ پیسے کی کیا قدر ہوتی ہے ۔۔۔۔۔۔ جو سبق انہوں نے زندگی میں سیکھا تھا، اپنی بیٹی کو پڑھانے میں ذرا بھی شرم انہیں نہیں آئی تھی۔ نہ آتی تھی ۔۔۔۔۔۔ پیسہ ہی ایمان ۔۔۔۔۔۔ پیسے کے آگے ہر چیز ہیچ تھی۔ لیکن اس وقت ایک عجیب سی کشمکش انہیں مروڑے ڈال رہی تھی ۔۔۔۔۔۔ ایک شخص جو مدتوں سے صرف اُن کے دیدار کا پیاسا تھا ۔۔۔۔۔۔ ان پر روپے زیور کی بارش کرتا رہا۔ اب اچانک کیسے بدل گیا ۔۔۔۔۔۔ لیکن ٹھیک ہے سب کچھ ٹھیک ہے ۔۔۔۔۔۔ پیسہ ہی سب سے بڑی چیز ہے ۔۔۔۔۔۔ پیسہ ملنا چاہئے۔ ہر طریقے سے۔ ہر راستے سے ۔۔۔۔۔۔" انہوں نے اپنے اُتھل پتھل کرتے دل کو قابو میں کر کے مسکراتے ہوئے کہا:

"یہ سعادت یوں سمجھئے آپ کو حاصل ہو چکی ——— شریفوں میں زبان کا ہی خیال رکھا جاتا ہے، ورنہ اور دُنیا میں رکھا کیا ہے ———"

صاحب زادہ قمرالزماں اُٹھنے لگے تو جہاں آرا بیگم نے جھجکتے ہوئے پوچھا:

"بیگم صاحبہ کیا خیال کریں گی ———"

قمرالزماں صاحب جاگیرداروں کی اس کل سے تھے جہاں بیوی کو بیاہ کر لاتے ہیں اور پھر وہ ایک راتوں کے بعد بھول جاتے ہیں کہ محل میں کوئی ذی نفس موجود بھی ہے ——— بھئی آخر تھان پہ جانور بندھے ہی ہیں۔ ایک آدھ کا اضافہ ہو جانے سے صاحبِ خانہ کی صحت پر کیا اثر پڑ سکتا ہے ———؟

قہقہہ لگا کر بولے: ——— "اس کی آپ فکر نہ کیجئے ——— ہم الگ کوٹھی میں بھجوا دیں گے انہیں ———!"

"اور موجودہ کوٹھی ———؟" انھوں نے رُکتے اَٹکتے پوچھا: "آپ کہیں گی۔ تو مونہہ دکھائی یا نتھ اُترائی کی خوشی میں جہاں آرا کو دے دیں گے ———"

جہاں آرا نے بے اختیار جھک کر ان کے ہاتھ چوم لئے۔

رات کو تنہائی میں جہاں آرا بیگم بیٹی سے بولیں: "بیٹی ——— مجھے تمہارا بُرا بھلا خوب سمجھتا ہے۔ لیکن پھر بھی میں نے تمہارے لئے ایک بات سوچی ہے ———"

نئے زمانے کی پڑھی لکھی سمجھ دار لڑکی ——— جس ماحول میں جی رہی تھی ——— اس میں کچھ زیادہ کھول کر سمجھانے کی ضرورت نہیں پڑتی ——— اور پھر ماں بھی ایسی تھی جس نے جوان ہوتے ہی بیٹی کو تمام اونچ نیچ سے آگاہ کر دیا تھا ——— مرد کتنا بھی پرچائے لبھائے دُور ہی دُور سے گھاس ڈالو ——— اپنے جال میں ایسا پھانسو کہ تڑپے، مگر نکلنے نہ پائے ——— کبھی اپنا آپ اسے سونپنے کی کوشش

مت کرو۔ ایک حماقت جس کا نام محبت ہے، اس میں بھول کر مت پڑو —— ہم جس زندگی اور پیشے میں جی رہے ہیں، اس میں صرف جسم ہی سب کچھ ہے، اس کی قدر کرو کہ اس کا بھاؤ بڑھے —— جسم کہ صابن جیسا ہوتا ہے جو گھس بھی سکتا ہے، ویسے اس صابن کو استعمال نہ کریں تو سدا جوں کا توں رہ بھی سکتا ہے ——

لیکن یہ سارے وعظ اور نصیحتیں اس دن بے اثر ہو کر رہ گئے تھے، جس دن بدقسمتی یا خوش قسمتی سے جہاں آرا بیگم گھر سے باہر گئی ہوئی تھیں —— سہ پہر کا سہانا وقت تھا —— چمن آرا چاندنی پر نہا کر بال سکھا رہی تھی کہ کسی آیا نے آکر بتایا کہ کوئی صاحب ملنے آئے ہیں —— امی جان تھیں نہیں، مجبوراً اسی کو آنا پڑا —— بڑے ہال میں آئی تو دونوں ہی اپنی جگہ ٹھٹھک کر رہ گئے —— نیلے رنگ کی شرٹ اور نیوی بلو پتلون میں الجھے بالوں والا ایک بے فکرا سالڑکا لاپرواہی سے کھڑا ہوا تھا۔

"آپ —— ؟" وہ آگے کچھ بول ہی نہ سکی۔

وہ مسکرایا —— "جی —— میں ——"

"لیکن امی جان باہر گئی ہوئی ہیں ——"

"اجی امی جان کو ماریے گولی . . . !" اک دم وہ ٹھٹھکا۔ "معاف کیجئے میرا مطلب یہ نہیں تھا کہ سچ مچ آپ اپنی امی جان کو گولی مار دیں۔ کچھ عادت سی ہو گئی ہے گولی چلانے کی ——" وہ سادگی سے ہنس پڑا —— "محض عادتاً —— ویسے مجھے کام تو آپ ہی سے تھا ——"

"مجھ سے —— !" وہ بے حد حیرت سے اپنے سینے پر انگلی ٹکا کر بولی —— "میں تو آپ سے کبھی ملی تک نہیں ——"

"ٹھیک ہے نہیں ملیں —— لیکن ——" وہ رکا . . . "دیکھئے وہ ہمارا

باورچی ہے نا ـــــ اپنے کچن میں بیٹھ کر زعفران پیستا ہے تو پورے محلے میں خوشبو اڑ جاتی ہے ـــــ" وہ ذرا شریری ہنسی ہنسا ـــــ "چیز اچھی ہو نا تو آپ ہی آپ شہرت ہو جاتی ہے ـ کسی تعارف و عارف کی ضرورت نہیں پڑتی ـــــ آپ گانا گاتی ہیں نا ـــــ ؟"

اب تک اس کے حواس ذرا بجا ہو چکے تھے ـــــ مسکرا کر بولی: "آپ کو غلط اطلاع ملی ہے۔ گانا گانا تو دور کی بات ہے، مجھے تو یہ تک نہیں معلوم کہ گانا کسے کہتے ہیں ـــــ"

"آپ چمن آرا نہیں ہیں ـــــ" وہ اس کے قریب آکر بولا:

"ہوں تو سہی ـــــ"

"تو میں آپ کو یہ اطلاع دینا چاہتا ہوں کہ اس وقت شہر میں سب سے بہترین غزل گانے والی ہستی آپ ہیں ـــــ اور میں ـــــ" وہ اچانک گھٹنے ٹیک کر، ہاتھ جوڑ کر اس کے سامنے کھڑا ہو گیا ـــــ "میں آپ سے یہ درخواست کرتا ہوں کہ ہم چند لڑکے ایک بہت ہی اچھے مقصد کے لئے ایک محفل منعقد کر رہے ہیں تاکہ کچھ روپیہ جوڑ سکیں۔ اگر آپ اس میں دو تین غزلیں گا سکیں تو شاید میں آپ کا یہ احسان زندگی بھر نہ بھول سکوں گا ـــــ"

چمن آرا نہ ہاں کہہ سکی نہ ناں کہہ سکی ـــــ وہ یوں ہی تصویرِ حیرت بنی کھڑی رہی، اور وہ گھٹنے ٹیکے اسے ہاتھ جوڑے دیکھا کیا ـــــ اچانک چمن آرا نے محسوس کیا کہ امی جان کی ساری تعلیمات دھری کی دھری رہ گئی ہیں، اور وہ ایسے جال میں کبھی نہ نکلنے کے لئے پھنس چکی ہے جسے شاید لوگ محبت کہتے ہیں ـــــ

"آپ نے کوئی جواب نہیں دیا ـــــ" بڑی دیر بعد شاید ہزاروں سال کی خاموشی کے بعد وہ لڑکا بولا تھا ـــــ

"جی ——" وہ ہڑبڑا کر بولی —— "اس وقت امی جان گھر پر نہیں ہیں اور میں بغیر اُن کی اجازت کے کوئی کام نہیں کرتی —— آپ مہربانی فرما کر پھر کبھی تشریف لایئے ——" اور جیسے اپنے آپ کو بچانے کی خاطر، اُس نے پھر پلٹ کر اُس کو دیکھا تک نہیں، اور اپنے کمرے کو بھاگ آئی ——

اور اب امی جان کہہ رہی ہیں کہ بیٹی مجھے تمہارا بُرا بھلا خوب سمجھنا ہے —— پھر بھی میں نے تمہارے لئے ایک بات سوچی ہے ——؟ کیا بات ہو سکتی ہے ——؟ صرف ایک ہی بات —— ایک ہی بات —— پوچھنے کی ضرورت بھی کیا ہے۔؟ لیکن میں ——؟ میں تو آگے ہی بک چکی ہوں —— اس نے ذرا شرما کر سوچا۔ —— امی جان تو یہی کہیں گی نا کہ میں نے تمہارے لئے ایک اچھا سا لڑکا دیکھ لیا ہے —— اور وہ شرم سے اور بھی جھک گئی ——

"لیکن امی جان —— مجھے ابھی شادی نہیں کرنی ہے . . . . . ."

"بے وقوف لڑکی —— شادی کی تجھے کیا سوجھی ——؟ اور ہمارے خاندانوں میں کہیں شادیاں ہوا کرتی ہیں —— میں تو تجھے سُنا رہی تھی کہ ہمارے خان . . . . . ."

"امی جان مجھے معلوم ہے۔ ہمارے خاندان کی ساری تاریخ، ابا جان نے مجھے سب بتا دیا ہے . . . . . ." وہ طنز سے بولی۔

"اے ہے ابا جان کی گگی —— اور وہ حرام زادہ نکٹا کہاں سے تیرا باپ بن کر آگیا —— سن لے حرام زادی —— میں جو کچھ کہوں سن اور عمل کر، ورنہ تیری کھال اور میری جوتی —— اور یہ شادی بیاہ کے چونچلے چھوڑ —— یہاں تو روز دکان لگتی ہے اور روز پیسہ ملتا ہے۔ بیاہتا بن کر تجھے کیا ملنے والا ہے، وہی پابندی اور مجبوری کی زندگی نا ——؟"

"لیکن امی جان ——" وہ ہمت باندھ کر بولی "آپ ہی نے مجھے تعلیم دلوائی اور سوچنے سمجھنے کا حوصلہ دیا ہے —— میں گناہ کی زندگی نہیں گزارنا چاہتی" اس کے تیور کسی سے دبنے والے نظر نہ آتے تھے ——

وہ چاپلوسی سے بولیں —— "اے ہے بیٹی گناہ کو میں کب کہہ رہی ہوں ثواب کمانے کو بھی میں کب منع کر رہی ہوں —— اب دیکھ روزے تو تو رکھتی ہی ہے اپنے مذہب پر چلتی بھی ہے۔ کیا میں منع کرتی ہوں ——" اپنے ہی سامنے کی اولاد جوان ہو جائے تو اس کے سامنے بھی تھوڑا بہت تو جھکنا ہی پڑتا ہے ——!

"امی جان —— روزوں اور عید کے بارے میں میں نہیں کہہ رہی ہوں ——" وہ تن کر بولی ——"آپ جس راستے پر مجھے چلانا چاہ رہی ہیں وہ میں اچھی طرح جانتی ہوں —— میں ایسا کوئی کام نہیں کروں گی جسے میرا جی نہ کرنا چاہے ——"

"تو سن اے ضدی لڑکی —— شریف زادیوں اور اونچے خاندان کی طوائفوں کی طرح میں نے جاگیردار صاحب سے تیری نتھ اتارنے کی بات پکی کر لی ہے۔ روز روز ایسے لوگ نہیں جُڑتے —— اور پھر یہ تھوڑی ہے کہ نتھ اترائی کے بعد تو اُن کی منکوحہ بیوی ہو جائے گی۔ وہ تو نئے راستے پر چلنے کی ایک شروعات ہو گی۔ بس اور جس پر تیرا دل آیا ہے الیاس کو میں خوب پہچانتی ہوں —— رنڈی کے لئے آنکھیں تو سب ہی بچھاتے ہیں لیکن اپنے گھر کے دروازے کی کُنڈی کوئی نہیں کھولتا —— تو پھر زندگی بھر جھک مار رہ۔ مجھے پروا نہیں —— لیکن مجھے بھی تو اپنا بڑھاپا دیکھنا ہے —— میرے دن تو گئے —— تیرے ہی بھلے تو اب زندگی کا جُوا کھیلنا ہے۔ تو بھی پتی ورتا بن کر بیٹھ گئی تو میں کیا بڑھاپے میں فاقے کروں گی ——؟ آج سے دو تین دن بعد عید ہے۔ عید پر جاگیردار صاحب

آنے کو کہہ گئے ہیں، اسی دن تاریخ پہ نج بج جائے گی —— ابھی تک تو نے میری محبت ہی محبت دیکھی ہے —— نفرت اور غصہ نہیں دیکھا —— دیکھنا ہے تو اس مہ گھلے کو دیکھ لے —— اس چھاؤنی پر کبھی تو نہ مانی تو اپنا انجام سوچ سکتی ہے —
میں جیل میں خوشی خوشی چکی پیس لوں گی لیکن چھنال تجھے زندہ نہیں چھوڑوں گی ——"

کیسی پُرسکون زندگی گزر رہی تھی ؟ نہ وہ نیلی شرٹ والا آتا نہ نامراد زندگی تیرا یہ حشر ہوتا —— اس کے بعد ایک بار وہ آیا بھی تو ایسے موقع پر جب امی جان موجود تھیں —— شکر ہے اس نے کوئی ایسی بات نہیں کی جس سے ظاہر ہوتا کہ وہ پہلے بھی آ چکا ہے۔ بس کسی جگہ گانے کی فرمائش امی جان کے سامنے کی اور انہوں نے یہ کہہ کر ٹال دیا کہ "بیٹا ہم لوگ رمضان شریف میں گاتے بجاتے نہیں ہیں ——" مایوسی سے چلا گیا، مگر کہہ گیا تھا —— پھر کبھی آؤں گا —— اور ظاہر ہے وہ امی جان کے لئے تو آنے سے رہا —— جاتے وقت کیسی بھولی اور معصوم نگاہوں سے دیکھ رہا تھا —— محبت کی وہ منزلیں جو لوگ برسوں میں نہیں پار کر سکتے۔ ہم نے محض دو ملاقاتوں میں اُلانگھ لیں۔ میں تمہاری نہیں ہو سکوں گی —— شاید کبھی نہیں —— مگر کاش قسمت تم سے یہ کہنے کا موقع ہی عطا کر سکے کہ میں نے اب تک سوائے تمہارے کسی کو نہیں چاہا، اور نہ شاید چاہ ہی سکوں گی ——

اور شاید قسمت اس پہ مہربان تھی اور یہ سب کچھ عین عید ہی کے دن تو ہوا۔ عید صحیح معنوں میں اس کے لئے عید ثابت ہوئی۔

عید کے دن تو گھر آنے والوں سے عید ملنے والوں سے بھرا رہتا —— بڑے ہال کمرے میں سب ہی آ آ کر بیٹھتے رہے —— قہقہوں اور باتوں کی آوازوں سے چمن آرا کے کان پکتے رہے —— وہ اپنے کمرے میں اُداس بیٹھی ہوئی تھی کہ ایک

خادم جھجکتے ہوئے آیا اور بولا :

"چھوٹی بیگم صاحب —— آپ سے کوئی ملنے آئے ہیں ——" فلیٹ کے تین دروازے تھے، ہر دروازے پر کوئی بڑی بیگم صاحب پہرہ تو دیتی نہیں رہتی تھیں۔ ایک دم چمن آرا کے دل میں امیدوں کا چاند سا روشن ہو گیا۔ "وہی تو نہیں ——" اس نے گھبراہٹ اور خوشی کے جذبات کو چھپا کر کہا —— "کون ہے؟"

"وہ اپنا نام انوار بتاتے ہیں ——"

نام تو اس دن اور دوسرے دن بھی اس نے پوچھا ہی نہیں تھا —— وہی ہوگا۔ ورنہ مجھ سے ملنے تو خاص طور پر کوئی آتا نہیں —— وہ اِدھر اُدھر دیکھ کر ذرا دھیرے سے بولی ——

"دیکھو، پچھلے دروازے سے لے آؤ ——" تھوڑی ہی دیر میں دروازہ کھلا —— اور وہی —— ہاں وہی کھڑا ہوا تھا —— جانے کہاں سے اتنی بے باکی چمن آرا میں آ گئی —— مسکرا کر بولی ——

"کل ابر تھا —— میں نے عید کا چاند دیکھنے کی بہت کوشش کی تھی، لیکن دیکھ نہ پائی تھی ——!!"

اس نے اندر ہو کر دروازہ بند کیا —— چٹخنی چڑھائی اور بے تابی سے تقریباً دوڑتا ہوا آیا اور چمن آرا سے یوں لپٹ گیا جیسے برسوں کے بچھڑے محبوب ملتے ہیں۔ وہ دونوں مدتوں یوں ہی لپٹے کھڑے رہے۔ بڑی مشکل سے وہ خود کو الگ کر پایا۔

"چمن —— میں —— میں شاید تمہارے بغیر زندہ نہ رہ پاؤں گا —— میں مر جاؤں گا چمن —— میں مر جاؤں گا ——"

"مگر شاید میں تمہاری نہیں ہو پاؤں گی انور —— میرا سودا ہو چکا ہے ——"

"سودا —— ؟" وہ پیچھے ہٹا —— "سودا —— ؟ لڑکیوں کا کہیں سودا ہوتا

کرتا ہے؟ لڑکیاں تو بیاہی جاتی ہیں بیچی نہیں جاتیں ——"

"پاگل ——" وہ ہنسی —— "تم اس کوٹھے پر تین بار آ چکے ہو —— یہاں تم نے گدیلوں پر کبھی چاندنیاں نہیں دیکھیں —— چاندی کے پاندان، ناگردان، اور اُگالدان نہیں دیکھے —— قالینوں پر سجے ہوئے ساز نہیں دیکھے —— اور کچھ دیکھا ہو یا نہ دیکھا ہو، مگر کارنس پر کبھی گھونگھروؤں کی جوڑیاں تو ضرور دیکھی ہوں گی —— اب بتاؤ کچھ کبھی کچھ سمجھے یا نہیں؟ سودے ایسی ہی جگہ پر طے ہوتے ہیں، تم بھولے ہو بہت بھولے ——"

انوار دھیرے سے مسہری کی پائنتی سے ٹک گیا۔ دونوں ہاتھوں میں سر تھامے ہوئے —— چمن آرا اس کے پاس آ بیٹھی ——

"تم نے غلط جگہ دل لگایا ہے ——"

"میرا باپ کروڑپتی ہے ——" وہ شدت جذبات سے بپھر گیا: "وہ مجھے چاہتا بھی بے حد ہے —— تمہاری ماں پیسہ چاہتی ہے، تو میں تمہیں خریدنے کو بھی تیار ہوں —— میں تمہیں دُنیا دِکھاوے کو خرید لوں گا، مگر پھر شادی کر کے باقاعدہ دُلہن بنا کر اپنی بیوی بنا کر گھر لے جاؤں گا —— لیکن تم خدا کے لئے ہاں کر دو۔"

"میں کچھ نہیں کر سکتی انوار —— میں اتنی ہی بے بس ہوں جتنی دُنیا کی کوئی بھی مظلوم لڑکی اپنی ظالم ماں کے ہاتھوں ہو سکتی ہے —— میں تمہارے لئے کچھ کر سکتی ہوں یا نہیں یہ بعد کی بات ہے لیکن ایک تحفہ تمہیں ضرور دے سکتی ہوں۔ اور اس نے دیوانگی کے جذبات کے ساتھ اپنے اَن چھوئے اور کنوارے ہونٹ انوار کے کانپتے ہوئے گرم گرم ہونٹوں سے چپکا دیئے —— ایک دم انوار پر پاگل پن سا چھا گیا —— اس نے تسلی کی خاطر ایک بار بند چٹخنی کی طرف دیکھا اور پھر بند قبا جوانی کے ہاتھوں بے بس ہوتا چلا گیا ——

کچھ دیر بعد کسی کام سے جہاں آما بیگم کو بیٹی کی یاد آئی تو وہ لپکی ہوئی اس کے کمرے کو چلیں ـــــ مسہری سے لگی آمام کرسی پر نادم نادم سا انوار بیٹھا ہوا تھا ـــــ اور پٹی سے لگی چمن آرا اپنی خوشیوں کے بوجھ سے نڈھال جھکی جھکائی ـــــ اُن کی تجربہ کار آنکھوں نے ایک لمحے میں سب کچھ پڑھ لیا ـــــ ثبوت کے طور پر وہ کچھ اور دیکھنا چاہتی تھیں ـــــ سو پکارا ـــــ

"چمن ـــــ ادھر آنا ذرا ـــــ"

چمن آرا اُٹھی ـــــ چلی تو یوں ڈگمگاتی ہوئی جیسے اب گری کہ تب گری۔ یہ چال اسی وقت بگڑتی ہے جب ہتھیلی پر مڑا تڑا نوٹ کڑکڑاتا ہے ـــــ اُنہوں نے اس کی مٹھی کھول کر دیکھی ـــــ خالی تھی !!

مٹھی خالی تھی، اور حرام زادی "بھری" بیٹھی تھی !

اُنہوں نے بہت ـــــ بہت، بہُت ہی جھلاہٹ کا مظاہرہ کیا ـــــ یعنی ہاتھ پکڑ کر انوار کو اُٹھا کر کھڑا کیا اور رسان سے بولیں ـــــ

"خالی بندوق داغنے والے تو میں زندگی بھر سے دیکھتی آرہی ہوں ـــــ جیب میں مال پانی ہو تبھی پتلون ڈھیلی کرنی چاہیئے ـــــ سمجھے ـــــ اب نکل جاؤ یہاں سے ـــــ"

چمن بیدِ مجنوں کی طرح تھر تھر کانپے جا رہی تھی داماد سے نپٹ کر وہ بیٹی کی طرف مخاطب ہوئیں :

"کُتیا ـــــ آج پتہ چلا چھنال کی اولاد چھنال ہی ہوتی ہے ـــــ تو کون سی سہرے توڑوں کی بیاہی پیدا ہوئی تھی کہ سہروں توڑوں کا انتظار کرتی ـــــ اب جو میں کہوں اس پر عمل کرتی جا ورنہ تیری بوٹیاں نوچ نوچ کر چیلوں کوّوں کو کھلا دوں گی ـــــ سن" ـــــ وہ اس کی ٹھوڑی پکڑ کر اونچی کرتی ہوئی بولیں ـــــ

"جاگیردار صاحب آج بھی پئے ہوئے ہیں۔ بھرپور نشے میں ہیں —— میں انہیں یہاں بھجواتی ہوں، آدمی پیا ہوا ہو، اور بند کمرے میں جوان لڑکی ساتھ ہو تو پھر وہ کوئی وظیفہ نہیں کرتا، وہی کرتا ہے جو مرد عورت ہمیشہ کرتے آئے ہیں —— تم انہیں سب کچھ کر گزرنے دینا —— آگے میں نپٹ لوں گی ——"

مہندی لگے ہاتھوں میں نازک انگوٹھیاں —— جوانی کے خمار سے تپتا چہرہ —— اور چہرے کو ڈھانپنے کے لئے مہندی لگے ہاتھ —— مہندی جس کی خوشبو خود ایمان متزلزل کر دیتی ہے —— اور اُن کا پاس جانا اور مارے نفرت کے اس کا دُور دُور ہٹنا —— جیسے یہ ادائے دلبری تھی —— اور پھر وہی گناہ —— جو ازل سے اب تک ہوتا رہا ہے، ہوتا رہے گا —— رات کے اندھیرے سے صبح کے اُجالے تک اور صبح کے اُجالے سے رات کی سیاہیوں تک —— ہزاروں بار کا دُہرایا ہوا —— مگر ہر بار نیا —— مگر اتنا ہی پُرانا ——

دروازہ کھلنے پر صاحبزادہ قمرالزماں صاحب جاگیردار نے توقع کے برخلاف منظر دیکھا —— دیکھتے کیا ہیں کہ جہاں آرا بیگم رومال سے مونہہ ڈھانپے رو رہی ہیں ——:

"بات کیا ہے آخر ——" وہ سراسیمہ سے ہو کر بولے۔

"بات کیا ہوتی حضور —— میری عمر بھر کی کمائی لُٹ گئی —— پہلی" بوہنی" آپ کے ہاتھوں ہونی تھی سوا لاکھ میں —— اور اب آپ نے تو آج یوں ہی . . ."

وہ پُرسکون ہو کر ہنسے —— "اوہ بس اتنی سی بات —— بھئی دھوم دھڑاکے سے تو نتھ اترے گی ہی —— یقین نہ ہو تو اس وقت یہ ساری انگوٹھیاں رکھ لیجئے ——" اور انہوں نے اپنی موٹی موٹی انگلیوں میں سے کھینچ کھینچ کر سچے ہیروں والی

قیمتی انگوٹھیاں ان کے قدموں میں ڈھیر کرنی شروع کردیں۔
نہیں نہیں کرکے بھی لاکھ سے کم کیا رہی ہوں گی یہ ساری انگوٹھیاں ——
اب نتھ اترائی نہ بھی ہو تو کیا فرق پڑ جائے گا —— جہاں آرا نے خوش ہو کر دل میں سوچا ——

ڈیڑھ ماہ صاف نکل گیا —— اور دونوں باتیں ساتھ ہی ہوئیں —— اس دن صبح پہلی بار موہنہ دھوتے میں چمن آرا کو اُبکائیاں آکرتے ہوئی، اور اسی دن شام کو جاگیردار صاحب اپنی لمبی سی گاڑی میں بیٹھ کر آئے اور سُنا گئے کہ "کچھ کاروباری مصروفیت میں بات پیچھے پڑ گئی تھی —— اگلے ہفتے نتھ اترائی کی تقریب ہوگی ——" اور انہوں نے پیشگی سوا لاکھ جہاں آرا کے قدموں میں ڈال دیئے، اور ساتھ یہ بھی سُنا دیا —— "یہ تو سمجھئے چمن کا صدقہ ہے —— ہیروں کی نتھنی تو ہم خود پہنائیں گے، وہ سونے کی نتھنی پہلے ہی ہم اتار دیں —— ناک سُونی کیسے رکھیں گے —— جس ناک میں ہیرے کی نتھنی یا لونگ نہ ہو اس ناک کے نخرے ہی کیا —— ؟!"
مقررہ تاریخ پر ایک ایسی یادگار تقریب جڑی کہ دیکھنے والوں کی آنکھیں خیرہ ہوگئیں —— کیا کسی کی برات اتنی شاندار ہوگی —— جاگیردار صاحب کئی موٹروں کی برات لئے آئے —— چمن آرا کو اپنی لمبی سی گاڑی میں اپنے ساتھ ہی بٹھایا —— جہاں آرا بیگم کو بھی اس خاص تقریب کے لئے اپنے ہی ساتھ مدعو کیا —— اور پورے کرّوفر کے ساتھ اپنی جگمگاتی کوٹھی پر پہنچ گئے ——
جہاں آرا بیگم کو خوشی یوں تھی کہ جوانی کا اوّلین تروتازہ اور میٹھا میٹھا رس جو وہ حرام زادہ پہلے ہی پی گیا تھا، جاگیردار صاحب پر ایک راز ہی رہا، اور وہ یہ سمجھے رہے کہ اس کنوارے کھیت میں پہلی پہل کاشت میں نے ہی کی —— اور دوسری

اس سے بھی زیادہ اہم خوشی یہ تھی کہ بٹیا رانی حمل سے بھی تھیں —— مگر اب یہ کس کو پتہ کہ ایک ہی گھنٹے کے وقفہ سے جو دو دو بل چلائے گئے ہیں تو سہرا کس کے سر بندھے گا کہ کس کا بیج ہے، اچھا ہوا جاگیردار صاحب کے سر ہی بلا جائے گی —— ویسے تو ہاتھ کی بات ہے جی چاہے رکھوں گی، جی چاہے ٹھنڈا گرم پلا کر پیٹ صاف کرا دوں گی ——

صبح کا انتظار امی جان کو اصل میں یوں تھا کہ دیکھیں بٹیا رانی کو جاگیردار صاحب کیا تحفہ دیتے ہیں؟ شاندار کوٹھی کے شاندار ترین بیڈ روم سے ملحق گارڈن میں صبح سویرے جب اماں جان بیٹی سے بات کرنے پہنچیں تو یہ دیکھ کر اُن کا جی جل گیا کہ بیٹی تو گہنے پاتوں سے لدی ہوئی ہے مگر سامنے وہی نامراد کھڑا دانتوں میں برش کر رہا ہے ——

"تم —— تم یہاں کیسے —— ؟" وہ ذرا تیزی سے بولیں ——

اب چمن آرا نے بھی گھونگھٹ ہٹا کر اسے دیکھا اور چکرا گئی —— بالکل ہی چکرا گئی —— وہ تو انوار تھا —— سوفی صد انوار ——

"میاں میں پوچھتی ہوں تم یہاں کیسے آئے ——"

وہ ہنسا —— "میں اپنے گھر میں ہوں بھائی —— اپنے باپ کے گھر میں —— اپنے گھر میں ہونا گناہ ہے کیا؟" کالج کے ٹور پہ گیا ہوا تھا —— رات ہی تو واپس آیا ہوں . . ." اور اسی لمحے اس کی نظر چمن پر پڑی —— وہ چکرا اٹھا ——

سودا —— ؟ سودا —— ؟ سودا —— !

چمن نے اُسے دیکھا اور پاگلوں کے سے انداز سے چلا چلا کر ہنسنے لگی ——

"امی جان —— ذرا ایک رشتہ مجھے سمجھا دیجئے۔ یہ بچہ جو میرے پیٹ میں ہے، میرا بیٹا بھی ہو سکتا ہے —— اور شاید میرا پوتا بھی —— ہے نا امی جان۔

ہو سکتا ہے اور بھی کئی رشتے، رشتوں سے نکل آئیں تو میں امی جان ——— میں خود اپنی بہو بھی ہوئی اور اپنی ساس بھی ——— کیوں کہ امی جان آپ کی عنایت کی وجہ سے باپ بیٹے ایک ہی تھالی میں کھا کر گئے ہیں . . . . . . امی جان ذرا یہ رشتہ تو سمجھ لیجئے ——— پھر مجھے سمجھا . . . . . . " اور ایک دم وہ چیختے چیختے بے ہوش ہو گئی ———

ہڑبونگ سن کر جاگیر دار صاحب باہر نکل آئے۔

" ارے بھئی کیا ہو رہا ہے ———" وہ چلائے ——— ماں کے ہاتھوں میں بیٹی کو یوں دیکھا تو حیران ہو کر بولے :

" اسے کیا ہوا ——— ارے میں پوچھتا ہوں چمن کو کیا ہوا ———"

جہاں آرا بیگم نے بڑی ادا سے سر اٹھا کر جواب دیا۔

" اے حضور مجھ سے کیا پوچھتے ہیں ——— ایسی بھی کیا جوانی کہ پھول سی بچی کو رات بھر میں جھولا جھولا بنا دیا، اور اوپر سے یہ سوال کہ کیا ہوا . . . "

اپنی لنگڑی جوانی کے سر ایسا شاندار سہرا بندھتے دیکھ وہ کھل کھلا اٹھے اور مسکرا مسکرا کر سو سو کے مٹھی بھر بھر نوٹ اپنی جیبوں سے نکال کر جہاں آرا کے سامنے ڈھیر کرتے گئے ———

چھنال

"رنڈی اور چیچک نکلے بغیر نہیں رہتے ـــــ میں تو پہلے ہی کہتی تھی ـــــ"

اماں بی نے دھڑاک سے پاندان بند کیا۔ زور سے پانوں کی ٹوکری لڑھکائی، اور صابر میاں کی طرف کھا جانے والی نظروں سے دیکھا، جو دونوں ہاتھوں میں سر تھامے غم اور ندامت کی تصویر بنے بیٹھے تھے۔

"موئنڈی کٹنی، کوٹھے کی چھنال آخر چھنال ہی نکلی نا ـــــ ارے کوئی کمرے کی خبر تو لو ـــــ کہیں زر زیور پر ہاتھ صاف کر کے تو نہیں نکل گئی اپنے کسی دھگڑے کے ساتھ ـــــ"

"اماں ـــــ" زہرہ نے کچھ کہنا چاہا مگر لب نہ کھل سکے۔ صابر میاں کو کوئی چھرے سے ٹکڑے ٹکڑے کر ڈالتا تو بھی شاید ہی قطرہ بھر خون نکل پاتا ـــــ کیسی بعد ہوئی تھی!! کیسے بڑے بڑے وعدے، اور کیسی کیسی تعریفیں اماں کے سامنے کی تھیں؛ اور اب ـــــ؟

خالی کمرہ اُن کا مونہہ چڑا رہا تھا۔

رنڈی کو گھر میں بٹھا لینا کوئی معمولی بات بھی نہیں۔ بڑے بڑوں سے سُنتے آئے ہیں۔ لاکھوں کا گھر خاک کرنے والی کیا کسی کے گھر کو جائے گی ـــــ لیکن صابر میاں کا دِل آیا بھی تو کس پر، دو ٹکے کی کوٹھے والی پر ـــــ! گانا سُننے ناچ مجرے دیکھنے تو ہزاروں ہی دل والے کوٹھوں پر جاتے ہیں، لیکن یوں کوئی دِل نہیں ہارتا ـــــ اور یہ بے چارے پہلے تو کبھی کوٹھے پر گئے بھی نہیں تھے ـــــ بس اپنے ایک دوست کی شادی میں ہی تو گئے تھے ـــــ وہاں آگرہ کی کسی گوہر جان کا مجرا بھی ہونے والا تھا ـــــ آج کل تو موا فیشن ہی چل نکلا ہے کہ شادی بیاہ میں رنڈیاں بھی نچواتے ہیں ـــــ مجرے کرواتے ہیں ـــــ اور اچھے اچھے شریفوں میں یہ سب ہو رہا ہے، اور لوگ بُرا مانتے بھی نہیں ہیں، یہ تو بڑے پن کی دلیل مانی جاتی ہے ـــــ جس شادی بیاہ کی محفل میں سلیقے سے چُنے گئے گدّوں پر سفید سفید چاندنیوں کا مدار مسندوں اور جگمگاتے گاؤ تکیوں کے سہارے بیٹھی ہوئی "بیگمات" اپنے گلے کے سُر نہ جگائیں اور گھنگھرو نہ چھنکائیں وہ محفل ہی کیا ہوئی ـــــ

گوہر جان کو دیکھا تو صابر میاں کا دِل اپنی جگہ چھوڑ بیٹھا ـــــ لوگوں نے نہ کچھا نہ محسوس کیا۔ یہ تو دِل بہلانے کی چیزیں ہیں ـــــ کوئی یوں جی تھوڑے ہی ہار بیٹھتا ہے مگر وہ اپنے جگری دوست انور سے دِل پکڑ پکڑ کر کہہ رہے تھے ـــــ

"یار اس آگرہ والی نے دِل میں گرہ ڈال دی ہے ـــــ"

پھر انور کے ساتھ ایک بار کوٹھے پر گئے ـــــ وہی مخصوص ماحول جس کے بارے میں قصے کہانیوں میں پڑھا تھا۔ وہی بائی جی ـــــ وہی اُستاد جی ـــــ وہی سازندے ـــــ وہی فرش فروش، وہی گاؤ تکیے، چاندنیاں اور اس پر بیٹھی ہوئی سدا اٹھتی طوائف ـــــ لیکن اللہ جانے کیا بات تھی کم بخت میں۔ دِل بری کے مارے

انداز ختم تھے اس پر ـــــ ایک نگاہ غلط انداز سے انھیں دیکھا اور اپنے دوسرے چاہنے والوں کی طرف متوجہ ہو گئی ـــــ جیسے کہتی ہو ـــــ

"اور مرو ہم پہ ـــــ لیکن ہمیں تمہاری کب پروا ہے ؟"

سامنے ہی سُنار زیورات کے ڈھیر سارے ڈبے کھولے بیٹھا تھا ـــــ بیگانی انداز سے ایک ایک زیور کو دیکھتی اور "اُونہہ" کہہ کر پرے رکھتی جاتی ـــــ پنے جڑی ایک انگوٹھی کو ذرا غور سے دیکھا تو بائی جی جھٹ سے بچپن سے بولی :

"بیٹی انگوٹھی انگوٹھی کر کے میری جان کھائے جا رہی تھی، اب پسند آ گئی ہے تو لے کیوں نہیں لیتی ـــــ" اور بائی جی نے سامنے بیٹھے ہوئے اکبر سیٹھ کی طرف لگاوٹ سے دیکھا۔

"ارے لے بھی لو ـــــ" اکبر سیٹھ لاپروائی سے خوش دلی کے ساتھ بولے :

"ان انگلیوں میں تو پنے اور ہیرے کی انگوٹھیاں ہی سجتی ہیں ـــــ"

"میری اتنی بساط کہاں ـــــ" وہ بناوٹی بھولپن سے بولی ـــــ

"ارے میری جان ـــــ دس ہزار بارہ ہزار کی انگوٹھی میں تمہاری بساط کہاں سے آ کر اٹک گئی ـــــ پسند تو کر لو ـــــ"

سُنار نے چودہ ہزار اور گیارہ ہزار کی دو انگوٹھیاں دمکتی انگلیوں میں پھنسا کر دیکھیں۔ بالکل برابر تھیں۔ اکبر سیٹھ نے اپنی دکان کا کارڈ نکال کر سُنار کے آگے پھینکا ـــــ "دکان سے روپیہ اٹھا لینا ـــــ ہمارا نام بتا دینا ـــــ" ابھی چاندی کے پنجے سے جس میں دو جگر مگر کرتی انگوٹھیاں دمک رہی تھیں، اس نے حاضرین کو جھک جھک کر آداب کیا اور صابر میاں وہیں ڈھیر ہو گئے ـــــ "کہاں وہ اور کہاں تم میاں کوئی اور دوسری چوکھٹ دیکھو ـــــ" اُن کے دل نے انہیں سمجھایا۔ مگر دل اب اُن کے قابو میں تھا ہی کب ـــــ اور ایسے کتنے دل تلوؤں تلے کچلے

پڑے تھے۔

انور نے ایک دن انہیں بیٹھ کر سمجھایا۔

"ارے میاں یہ رنڈیاں صرف پیسہ بٹورنے کے لئے ہوتی ہیں، انہیں کبھی محبت نہیں ہوتی ـــــ صرف پیسہ ہی ان کا مذہب ہوتا ہے ـــــ تم کہاں اس کے چکر میں پڑ رہے ہو ـــــ تم دیکھتے نہیں سب ہی کی طرف اسی محبت بھرے انداز سے دیکھتی ہے، جسے تم اپنے لئے مخصوص سمجھ رہے ہو ـــــ" لیکن صابر میاں اُس کی اس دن کی حیا اور نگاہ کو بھول بھول نہ پاتے تھے ـــــ

اُس دن وہ اکیلے ہی اس کے کوٹھے پر پہنچ گئے تھے ـــــ ابھی لوگوں کی آمد شروع نہیں ہوئی تھی ـــــ یہ پہلے تھے۔ کامدار مسند پر پری بیٹھی ہوئی تھی۔ یہ پاگلوں کی طرح بڑھے ـــــ مسند سے ذرا ہٹ کر اس کی گہرے سرخ رنگ کی کارچوبی کام کی چڑھانوں میں پاپوشیں پڑی ہوئی تھیں۔ انہوں نے بے تابی سے اپنے جوتے اتارے، ایک جوتا تڑپتا ہوا اُڑا اور جوتی پر اوندھا جا پڑا ـــــ انہوں نے جوتے کو ایک نظر دیکھا اور بڑی تڑپ سے بولے ـــــ "کس قدر خوش نصیب جوتا ہے!"

گوہر جان نے ایک نظر وہ منظر دیکھا اور شرم سے تپ گئی ـــــ مونہہ پھیر کر بولی ـــــ

"بڑے بے ہودہ ہیں جی آپ ـــــ" مارے حیا کے اس کی آنکھیں اُٹھ نہیں پا رہی تھیں ـــــ

یہ انداز تو صابر میاں کو بالکل ہی مار گیا ـــــ شرم تو صرف شریف عورتوں کا زیور ہے ـــــ یہ بھی شریف عورت ہے اور خاندانی اور حیا والی ـــــ لوگ یوں ہی بکتے ہیں۔ وہ آگے بڑھ کر اس کے قریب گھس بیٹھے۔

" خُدا کی قسم ـــــ مت آزماؤ ـــــ مت آزماؤ ـــــ چین نہ پاؤ گی ـــــ بِن موت مَر جاؤں گا ـــــ "

" جو دِل نہیں کہتا وہ زبان سے کیوں کہتے ہیں آپ ـــــ ؟ کیا واقعی شیطان کے کان بہرے، حضور مَر جائیں گے ـــــ " اس انداز پر تو وہ اور بھی فِدا ہو کے تڑپ کر بولے ـــــ " کیا ابھی زندہ نظر آتا ہوں ـــــ ؟ "

وہ ایک ایسی ہنسی ہنسی جو اگر آسمان سے گرے تو ہری بھری کھیتیوں تک کو جلا کر راکھ کر دے ـــــ

وہ تڑپ کر بولے ـــــ " ہنستی ہو ـــــ کیا جھُوٹا نظر آتا ہُوں تمہیں ـــــ "

وہ مُسکرائی ـــــ " اپنے گریبان میں مونہہ ڈال کر دیکھئے ـــــ "

وہ بہر حال مَرد تھے، شرارت پر اُتر آئے ـــــ ہنس کر بولے ـــــ " تم اپنے گریبان میں مونہہ ڈالنے دو تو ایک بات بھی ہے، چاند، سورج کے نظارے ہی ہو جائیں گے ۔ میرے گریبان میں کیا دھرا ہے ـــــ "

اُس نے شرم سے تڑپ کر اپنے دونوں گورے گورے ہاتھوں میں چہرے کا چاند چھُپا لیا ۔

" اللہ ـــــ کتنے بے حیا ہیں آپ ـــــ یُوں بھی کوئی کہتا ہے ـــــ "

بس یہ شرم اُن کی دُنیا لُوٹ لے گئی ـــــ بے شرمی نے دُنیا میں اتنے گھر نہیں اُجاڑے جتنے اس نامُراد شرم نے ـــــ وہ بس الوز کو مَر مَر کر یہی سُنائے جاتے تھے ـــــ

" تمہیں یار تمہیں پتہ نہیں، وہ بڑی شرم و حیا والی، گھریلو بی بی بن کر رہنے والی عورت ہے، پتہ نہیں کیسے اس جنجال میں پھنس گئی ـــــ "

" مرد جب خود کسی جنجال میں پھنسنے والا ہوتا ہے تو ایسی طرح کی باتیں

کرتا ہے ——" انور بیزار ہو کر بولا، مگر وہاں تو بس ایک ہی رٹ لگی ہوئی تھی۔

دو یا تین ملاقاتیں زندگی کا مول بن کر رہ گئیں —— لیکن آخری ملاقات میں تو وہ بالکل ہی پاگل بن بیٹھے ——

کسی رئیس دوست کے ہاں سالانہ محفل جمتی تھی، جس میں ہر بار کسی نہ کسی چلبلت پھرت والی طوائف کو بلایا جاتا تھا۔ اب کے بار قرعۂ فال گوہر جان کے نام پڑا —— رات بھر کی محفل تھی —— صابر میاں کیسے چوکتے —— بنا پلک مارے سب کے سامنے والی قطار میں بیٹھے۔ رات بھر اُسے تہارتے رہے۔ اُدھر مؤذن اذان کے لئے منبر پر چڑھا اور اِدھر گوہر جان نے ہارمونیم بڑھایا —— رات بھر کے تھکے ماندے، کوئی اپنے گھر سدھارا، اور کوئی وہیں پڑا رہا —— سازندے ہاتھ پاؤں سمیٹنے لگے، جس کو جہاں جگہ ملی وہیں پڑ رہا —— موٹے موٹے گدیلوں پر سفید سفید چاندنیاں لگی ہوئی تھیں —— تکئے قرینے سے دھرے ہوئے تھے —— جھاڑ میں برس رہی تھیں۔ تکان اس پر سے رات بھر کی جگار —— آنکھوں میں نیند اُتر آئی تھی —— صابر میاں کو جگہ بھی ملی تو گوہر جان کے قدموں —— جنے کتنی راتوں کے جگے ہوئے تھے کہ محبوب دلنواز کے قدموں میں جگہ پاتے ہی بےسدھ ہو گئے۔

آنکھ کھُلی تو کاہے سے کھُلی کہ کسی کے ٹھنڈے ٹھنڈے ملائم ہاتھ اُن کے پیروں کو چھُو رہے تھے —— جیسے جنموں کی نیند سے آنکھ اُچٹ گئی —— کانوں میں شہد سا برس رہا تھا ——

"ہائے ایسے بھی کوئی نہ سوئے —— ململ کے نامُراد کُرتے میں جان کیا کہہ رہی ہو گی —— اُوپر سے پیروں میں پاتابے بھی نہیں ——" اور اُنھوں نے خود دیکھا تھا کہ پیروں کو ہاتھوں سے چھُو کر اُس نے اپنے دُوپٹے کو اُن کے پیروں کے گِرد مڑھ دیا تھا —— کہ پیر ذرا گرم ہو جائیں ——

"یہ اَدا ـــــ یہ خدمت گزاری اور ہمدردی کی اَدا تو صرف ایک پتی ورتا گھریلو اور محبت والی بیوی میں ہی ہو سکتی ہے ـــــ" انہوں نے اپنے ہزار تردید کرنے والے دِل کو سمجھایا تھا ـــــ اور پتہ نہیں یہ ان کے اپنے تڑپتے دِل کا اثر تھا یا گوہر جان کو بھی صابر میاں پسند آ گئے تھے کہ وہ کوٹھے سے اُترنے پر راضی ہو گئی ـــــ

یہ الگ داستان ہے کہ وہ کس طرح اپنی ماں کو منا پائے جو سیّد زادی تھیں ـــــ سیّد صاحب کی بیوی تھیں اور پنج وقتہ نمازی تھیں اور اعتکاف میں بیٹھتی تھیں، اور مریمی روزے رکھتی تھیں ـــــ شاید یہ مذہب سے حد درجہ بڑھا ہُوا لگاؤ ہی تھا جو انہیں وہ زیر کر سکے ـــــ کہ "اماں گنہگار جب گناہوں سے توبہ کر لے تو خدا کے نزدیک وہ اتنا ہی معصوم اور مقدس بن جاتا ہے جتنا کہ ابھی ابھی پیدا ہونے والا بچہ ـــــ اور اماں یہ تو سوچئے کہ وہ جو اپنی یہ مکروہ اور گھناؤنی زندگی چھوڑ دینے پر آمادہ ہوئی ہے تو خدا نے ہی اُسے راستہ دکھایا ہوگا نا ـــــ؟ تو جسے خدا راستہ دِکھا رہا ہے اُسے آپ کیوں گمراہ کئے دیتی ہیں ـــــ؟"

"ارے بیٹا ـــــ جو پاؤں ایک بار مجرے کے لئے کھڑے ہو چکے ہوں وہ کبھی کسی گھر میں نہیں ٹِک سکتے ـــــ ہزاروں کا مونہہ دیکھی ہوئی عورت ایک مرد سے مطمئن نہیں ہو سکتی، تم مانو یا نہ مانو ـــــ ان آنکھوں نے تو یہی دِکھایا ہے کہ رنڈی اور چیچک نِکلے بغیر نہیں رہتے ـــــ لاکھ روکنے کی کوشش کرو ـــــ"

لیکن اکلوتے بیٹے کی آہ وزاری کام آئی ـــــ اور اماں بی کا تھا ہی کون؟ لے دے کے ایک بیٹا اور ایک بیٹی ـــــ میاں تو مدت ہوئی اللہ کو عزیز ہو چکے

تھے ——— بیٹی تھی اس کی بھی منگنی ہو چکی تھی، آج نہ کل اپنے گھر جانے ہی والی تھی اور بیاہی بیٹی آئی بھی تو چند روز کے لئے ——— اس کا ساتھ ہی کیا ——— سیوٹ تو بیٹے سے ہی نبھتی ہے اور اپنے جان کے ٹکڑے لاڈلے بیٹے سے بگاڑ کر کے رہتیں بھی کیسے ——— ؟ اور جو کبھی اُکتا کر زہرو ہرا ہی کھا لیتا تو کہاں کی رہتیں؟ گوہر جان دُلہن بیگم بن کر گھر میں آ گئیں ——— زہرہ نے تو بھابی بھابی کر کے ہاتھوں ہاتھ لیا، لیکن اماں بی نے بازو کے کمرے سے اتنی زور سے بیٹی کو سُنایا " رنڈی اور چیچک بِلکے بغیر نہیں رہتیں ——— دیکھ لینا صابر میاں کی ناک کٹا کے ایک دِن نکل بھاگے گی ——— " کہ دُلہن بیگم کا ننھا سا دِل چُور چُور ہو گیا ———

زہرہ بولی ——— " اماں خدا کے لئے ایسا نہ کہیے۔ بھابی کو دُکھ ہو گا اگر سُن لیا تو ——— "

اماں بی غصّہ سے بولیں ——— " اے شریف زادی کو شریف زادی کہیں گے تو رنڈی کو ڈنکے کی چوٹ پر رنڈی کہیں گے، اس میں دُکھ کی کون بات ہوئی "

کوٹھے پر پلی بڑھی، ہزاروں کے مجمع میں رہی بسی، تلووں تلے لاکھوں دِل کچلنے والی کی پہلی صُبح بڑی عجیب و غریب نکلی ——— صُبح ہی صُبح چھ بجے سے اماں بی کے وضو کرنے، کھانسنے پھر نماز کے بعد تلاوت کرنے کی آوازیں ——— پھر زہرہ کے وضو، نماز، تلاوت کی گنگناہٹ ——— " اللہ میں بیاہ کر سُسرال آئی ہوں یا کسی مسجد میں آ گئی ہوں ——— " اُس نے گھبرا کر سوچا ——— لیکن پھر توبہ توبہ کر کے خود ہی بُرے خیالات کو ذہن سے جھٹک دیا ——— بازو دیکھا تو صابر میاں جو رات بھر " شرابِ ناب " کے غٹا غٹ پیالے چڑھاتے رہے تھے۔ بے سُدھ سوتے ہوئے تھے ———

"اُٹھئے حضور۔ ۔ ۔ ۔" اس نے کندھا پکڑ کر ہلایا ـــــ پھر وہ خود ہی چونک اُٹھی ـــــ نہیں ـــــ یہ قبلہ اور حضور جیسے الفاظ کوٹھے کی لغات میں تھے ـــــ اب مجھے شریف اور گھریلو عورت کی طرح "اے جی ـــــ سُنئے تو ـــــ کہنا چاہیئے۔ اس نے دوبارہ سے اُنہیں بُلایا ـــــ" اجی سُنئے تو ـــــ کب تک سوتے رہیں گے۔ کام وام پر جانا ہے یا نہیں ـــــ"

انہوں نے چندھیائی ہوئی آنکھیں کھول کر اسے دیکھا اور شرارت سے اُسے اپنے بھاری جسم تلے دبوچ لیا ـــــ" آہاں کام ـــــ اس سے زیادہ ضروری کام کون ہو سکتا ہے کبلا ـــــ؟؟"

پہلا ہی دن ضیفتوں کا دعوت نامہ لے کر آیا ـــــ وہ اور زہرہ نہا کر بال سکھانے چھت پر نکلیں تو سامنے کے بنگلے والا اپنی چھت پر کرسی ڈال کر کوئی کتاب پڑھتا بیٹھا تھا ـــــ دلہن بیگم کو کمرہ اوپری منزل پر ملا تھا ـــــ اور کمرہ اس ڈھب کا تھا کہ بے حد شاندار کمرے سے ملی ہوئی سنگ مرمر کی چھت لگی ہوئی تھی ـــــ بیچ میں مونڈھے اور صوفے پڑے تھے، اور ساتھ ہی ایک بڑی میز بھی چائے پانی رکھنے کے لئے رکھی ہوئی تھی ـــــ منڈیروں پر خوب صورت پھولوں، اور ننھے ننھے پودوں والے گملے سجے ہوئے تھے ـــــ صابر میاں خوش حال آدمی تھے شہر میں بڑا کاروبار تھا ـــــ ذاتی دو منزلہ بنگلہ تھا، کسی چیز کی کمی نہ تھی ـــــ کنوارپن سے ہی وہ اُوپری منزل پر رہتے تھے ـــــ چھت بھی انہی کے استعمال میں تھی ـــــ شادی ہوئی تو ظاہر ہے کہ دُلہن بھی وہیں رہیں ـــــ

سامنے والا شاید کبھی مجرے میں گوہر کو دیکھ چکا تھا ـــــ پہلے تو اُس نے اُچٹتی نظر سے دیکھا، پھر صورت شناسا تھی تو ذرا غور سے دیکھا ـــــ پھر پوری طرح

پہچان کر ذرا ہنس کر دیکھا، اور پھر ایک ہلکی سی سیٹی بجانے لگا۔

دُلہن بیگم نے سیٹی کی آواز سن کر سر اٹھایا تو وہ ہنس کر پھکڑ پن سے بولا ——

"میری جان، ایسی بھی کیا بات ہے —— نہا کر اس چھت پر بال سُکھا رہی ہو —— پیسہ اور جوانی تو ہمارے پاس بھی فراغت سے ہے، ہمارے نصیب کیوں نہ کھولے —— ؟"

زہرہ نے بھابی کو ذرا گھبرا کر دیکھا، جس کے چہرے پر ہوائیاں اڑنے لگی تھیں۔ اِک دم دُلہن بیگم نے زہرہ کا ہاتھ پکڑ کر کھینچا اور بولیں ——

"بی بی، اب سے یہاں نہیں آئیں گے ہم —— اچھے لوگ نہیں ہیں اس بنگلے کے ——" اُس آدمی نے جو دونوں کو جاتا دیکھا تو ذرا زور سے بولا:

"ارے تم تو اَسلی کچلی تھیں، ذرا اس مونہہ بندگی سے تو میل کرا دو رانی۔"

یہ اشارہ صاف زہرہ کے لئے تھا۔ دُلہن بیگم کو پسینہ آگیا —— آنکھوں میں اندھیرا سا چھپ گیا —— کمرے میں آتے ہی دھپ سے مسہری پر گر پڑیں —— سسکیوں سے بدن ہلنے لگا ——

"بی بی —— میں تم جیسے شریف لوگوں کے لائق نہ تھی .... میری وجہ سے تمہاری زندگی ...."

"بھابی ——" زہرہ نے اُس کے مونہہ پر ہاتھ رکھ دیا —— "آپ بے کار کی باتیں کیوں سوچ رہی ہیں —— یہ سامنے کے بنگلے والے تو یونہی بے کار سے لوگ ہیں، اسی لئے تو ہمارا اُن سے کوئی میل جول نہیں ہے، ورنہ پڑوسی تو رشتہ داروں سے بڑھ کر ہوتے ہیں۔ بھائی جان نے شروع ہی سے ان لوگوں سے تعلقات نہیں بڑھائے۔ اسی اوچھے پن کی وجہ۔ آپ اپنا دِل کیوں بُرا کرتی ہیں۔"

"نہیں بی بی ـــــ تم نہیں سمجھو گی ـــــ میری رسوائی اگر میرا پچھا پتہ بھی کرے تو میری بدنصیبی میرا پتہ ڈھونڈھ نکالے گی ـــــ پھر میں کہاں چھپوں گی۔"

"بھابی آپ چپ کر جایئے خدا کے لئے ورنہ میں بھی رونے لگوں گی ـــــ"

مگر دلہن بیگم کے آنسو رکنے کا نام نہیں لے رہے تھے ـــــ

چند روز اور گزرے ـــــ ایسی گھٹن اور کلفت میں گزرے کہ جس کی حد تھی نہ حساب ـــــ میاں تو واری نیاری تھے مگر اماں بی چپ رہتے ہوئے بھی ہزار بول بول جاتیں ـــــ کھانا کبھی انہوں نے اس ٹیبل پر نہ کھایا جس پر دلہن بیگم بیٹھتی تھیں ـــــ زہرہ کالج چلی جاتی ـــــ ورنہ اسی سے ذرا دل لگی رہتی ـــــ میاں کو ٹھیل ٹھیل کر یہ خود کام سے باہر بھیج دیتیں کہ جب تک وہ ـــــ اور یہ کمرے میں رہتے اماں بی کی غیر محسوس نگاہیں کلیجہ چھیدے ڈالتیں ـــــ کئی بار جی میں آتا کہ سب کچھ چھوڑ چھاڑ کر کہیں بھی چل دیں، لیکن ایک بار گناہ کی جس دلدل کو پھلانگ آئی تھیں اب ادھر کا رخ کرنے کے بارے میں سوچ بھی نہیں سکتی تھیں ـــــ زہرہ کالج سے آ کر اوپر چلی آئی تو اماں بی کے بکھان شروع ہو جاتے ـــــ

"اپنی زندگی تو برباد کر ہی ڈالی، بہن کا ہی کچھ خیال کیا ہوتا ـــــ جب دیکھو تب موہنہ سے موہنہ لگا ہوا ہے ـــــ پہلے تو یہ چھت پر پھٹکنے بھی نہ دیتی تھی، اب تو جب دیکھو تب بھاوج ہیں نند ہیں اور بس چھت ہے ـــــ"

دلہن بیگم حیران ہو کر سوچتیں کہ "اللہ زہرہ تو کبھی میرے پاس ہوتی بھی نہیں، یہ کیسا الزام ہے ـــــ" لیکن ایک دن یکبارگی سے دلہن بیگم کے چودہ طبق روشن ہو گئے۔ بڑی عجیب اور انہونی سی بات تھی، لیکن اس دن زہرہ مغرب کے وقت

آئی تو ذرا گھبرائی ہوئی سی تھی ——— دُلہن بیگم سے لپٹ کر بولی ———

"اچھی بھابی میری ——— اپنی کالے ہرے پھولوں والی ساڑی پہننے کو دیں گی آج ———"

"اے لو ———" وہ ہنس کر بولیں ——— "یہ پُوچھنے کی کون ضرورت آن پڑی ——— بھابی کی چیز تند کی نہ ہو گی ———؟؟ لے جاؤ اور جو جی چاہے شوق سے لے لیا کرو ———"

دو بجے کھانے پر صابر میاں یوں گئے تھے کہ رات دیر سے آئیں گے، کوئی میٹنگ تھی ——— سب نے کھانا کھا لیا تھا۔ دُلہن بیگم میاں کے لئے بھوکی تھیں ——— گرمی ہو رہی تھی۔ وہ چھت پر نکل آئیں ——— ایک دم انہیں فضا میں کچھ نامانوسیت کا احساس ہوا ——— وہیں ٹھٹھک گئیں ——— پچھواڑے کی چھت پر پانی کی ٹنکیوں کے پیچھے سے سرگوشی کی سی آواز ابھری ———

"ہمت کیسے کی آج ———"

"بھائی جان نے کہا تھا دیر سے آئیں گے ———"

"اور جو آ گئے ——— تو ———" ساتھ میں بوسے کی آواز ———

"اتنی بے وقوف نہ سمجھو ——— اسی لئے بھابی کی ساڑی پہن کر آئی ہوں کہ جھپک لپک میں اماں یا بھائی جان دیکھ بھی لیں تو سمجھیں کہ بھابی تھیں ——— ان کے طوائف ہونے کا ایک فائدہ ہمیں بھی تو ملا ——— ملی جلی ہنسی کی دبی دبی آوازیں ———

دُلہن بیگم کا خون اُن کی رگوں میں جمنے لگا ——— آوازیں پھر سے ابھریں۔

"لیکن میں تو اب ترس گیا ہوں ——— صرف بوسوں سے اور لپٹا لپٹی سے میری سیری نہیں ہوتی ——— کوئی موقعہ ———؟"

"بھابی کی ساڑیوں کی عنایت سے مل ہی جائے گا ——" ہنسی کی پُراسرار آوازیں ——

"دیکھو ٹال تو نہیں رہی ہو ——"

"ٹالوں گی کیوں —— کیا وہی میرے دِل کی آواز نہیں ہے ؟"

"اچھا ہوا تمہارے بھائی ایک رنڈی کو بیاہ کر لائے —— اس کی آڑ میں تو ہم کافی دنوں تک رنگ رلیاں منا سکتے ہیں —— کم سے کم تمہاری شادی تک ——"

دُلہن بیگم سے اور کچھ نہ سُنا گیا ——

"زہرہ بی بی —— یہ خط پڑھ کر پھاڑ دینا —— خُدا تمہیں خوش رکھے اور سیدھے راستے پر چلائے —— تمہاری منگنی ہو چکی ہے —— اللہ کرے جلد ہی شادی بھی ہو جائے —— تم میری ساڑیاں اتنے شوق سے کیوں پہنتی ہو، مجھے پتہ چل گیا ہے —— میری زندگی جیسی بھی گزری —— گزری —— رنڈی کی عزت ہی کیا —— لیکن تمہارے بھائی کی بیوی اور تمہاری بھابی بن کر میں نے اس گھر میں جو بھی عزت کے دِن گزارے ان کا تقاضا یہ تھا کہ میں تمہیں غلط راستے پر چلنے سے نہ صرف ٹوک دوں، بلکہ بچا بھی لوں —— میری بدنامیاں تو وفادار کنیزوں کی طرح میرا دامن تھام کر عمر بھر میرے ساتھ چلیں گی —— میں تمہاری معصوم اور بے داغ زندگی کو یوں داغ دار کرنے میں حصہ دار نہ ہوں! یہ نہیں ہو گا —— بی بی میری ساڑیاں اور چادریں استعمال کرو گی تو میلی تو میری ہی ساڑیاں اور چادریں ہوں گی —— لیکن تمہاری زندگی کی چادر پر جو داغ پڑیں گے وہ آبِ زمزم سے دُھل کر بھی پاک نہ ہو پائیں گے —— خُدا اور اُس کے رسولؐ کے بتاتے ہوئے راستہ پر چلو —— یہی میری نصیحت اور یہی میری دُعا ہے —— ایک بُری بھابی

ہونے کے ناطے ——

میں اس گھر میں سر جھکا کر، دُلہن بن کر آئی تھی، خُدا گواہ ہے تمہارے بھائی کے ہاتھوں کے لمس کے بعد اس جسم کو صرف ہوا، دھوپ اور چاندنی ہی چھو سکی ہے اور خُدا کو بھی بیچ میں لا کر تمہیں یقین دلاتی ہوں کہ باقی زندگی بھی جہاں کہیں میں رہوں اُس جسم کے چپے چپے پر صرف تمہارے بھائی کے بے مثال محبت بھرے نقوش ثبت رہیں گے۔ لیکن ایسی پیاری محبت کو چھوڑ کر صرف اس لئے سَر جھکا کر اس گھر سے جا رہی ہوں کہ تم سَر اُٹھا کر جی سکو ——

تمہاری بھابی

میں تو پہلے ہی کہتی تھی —— اماں بی نے دھڑاک سے پاندان بند کیا، زور سے پانوں کی ٹوکری لڑھکائی اور کھا جانے والی نظروں سے صابر میاں کو دیکھ کر کہا ——

"چھنال آخر چھنال ہی نکلی نا ——"

چاندنی

عورت تھی یا ایٹم بم ——؟ حواسوں پر —— ذہن پر، ہوش پر سارے وجود پر یوں گری کہ سب تہس نہس ہو گیا —— راکھ ہو گیا۔

سکندر دیوانہ ہو گیا —— اُن معنوں میں دیوانہ نہیں کہ پتھر اُٹھا اُٹھا کر دے مارے، کسی کو جاننے پہچاننے ہی نہیں، بلکہ ان معنوں میں کہ اپنا آپ بھول گیا —— ایک سڑی ماری عورت کے پیچھے —— عورت بھی کون —— ؟ رنڈی ——!

مگر بھئی کیا عورت تھی کہ واہ وا —— بدن کی چمڑی یوں کسی کسی کہ کوئی چہرہ دیکھنا چاہے تو آئینہ سمجھ کر دیکھ لے —— چھاتیاں یوں تنی تنی کہ کوئی کنکری دے مارے تو تن سے بج اُٹھیں —— کمر تو مٹھی میں سما جائے —— بال ایسے گھنگھور گھور کہ سارے بدن سے ننگی ہو کر بیٹھ جائے اور بال کھلے چھوڑ دے تو کسی کو پتہ نہ چلے کہ اس سیاہ پردے کے پیچھے کون سی آگ دہک رہی ہے —— کیسی دمادم بجلیاں کوندتی ہیں —— قد بس بالکل اتنا کہ نخرے میں آ کر مرد کے کندھے سے سر ٹکائے

تو گردن کے خم میں پہنچ کر اونچائی فٹ ہو جائے ـــ اور مرد کو بس یہی تو اچھا لگتا ہے کہ عورت اُس سے نیچی رہے ـــ دبتی رہے ـــ دبی رہے ـــ اور بس سکندر بھی یہی کچھ تھا جو کہ ایک مرد ہوتا ہے ـــ جانو تو اس کے ایک ہی تھی مگر وہ ایک چھوڑ ہزار جانوں سے عاشق ہوا۔ مٹ گیا ـــ کیسے کیسے چاہا کہ اُسے زندگی بھر کے لئے اپنے گلے کا تعویذ بنا لے۔ مگر وہ جو کسی نے کہا ہے کہ زندگی کا بل سدا ہنڈی میں ـــ ایک کے گلے سے عمر بھر کے لئے لپٹ کر کیا اسے اپنی زندگی تباہ کرنی تھی ـــ؟ چکنی چکنی ناگن کی طرح خود ہی پیچھا کیا لیکن جہاں مُڑ کر ہاتھ میں اُٹھانا چاہا ـــ سال سالا کر چھوٹ گئی، دغا دے گئی ـــ

ساری داستان یہ تھی کہ وہ حرافہ جس کا نام چاندنی تھا۔ کسی شادی کی محفل میں بلوائی گئی تھی۔ شادی کریم بھائی بزنس مین کی بیٹی کی تھی کہ جس کی کپڑے کی چار چار ملیں تھیں ـــ پھر اناج کی دکانیں ـــ پھر زیورات کی دکانیں ـــ پھر دواؤں کی دکانیں ـــ پھر جنرل اسٹور تھے اور پھر ـــ بس اس پھیر پھیر کی نتیجہ ہی یہ تھی کہ پیسہ پھیرنی کی طرح پھر پھر پھیرتا تھا ـــ اور جب بیٹی کی شادی ہونی ٹھہری تو کون سی بات چھوٹی ـــ؟ ہر ہر قسم کے اعلیٰ سے اعلیٰ انتظامات تھے اور اُسی میں ایک انتظام یہ بھی تھا کہ ناچ گانے سے بھی باراتیوں اور حاضرین جلسہ کو محظوظ کیا جائے ـــ اب ان چاندنی بیگم کے یہ ٹھاٹھ تھے کہ وہ ایسی ویسی محفلوں میں قدم بھی نہ دھرتی تھیں۔ دو سو، پانچ سو کی ان کے پاس کوئی بساط تھی ـــ وہ جس بھی محفل میں گئیں، رات بھر کے کھٹن کھٹن پانچ ہزار روپے گنوا لئے ـــ اور وہ بھی اس صورت اور اس شرط میں کہ کوئی ان کے اُنگلی بھی نہ لگائے ـــ اُن کا جسم اُنگلی لگانے کے لئے نہ بنا تھا۔ وہ تو صرف آواز بیچتی تھیں اور بس لچکیلے جسم کی چلت پھرت سے پیسہ بٹورا کرتیں ـــ

شادی کا ہنگامہ، نکاح خوانی کا دھوم دھڑاکا، کھانے دانے سے فراغت، جب سب مرحلے طے ہو گئے تو محفل سجی —— اگلی قطار بے حد رئیس زادوں کی تھی —— وہ جو ایک ادا پر خزانے خالی کر دیتے ہیں —— اس کے پیچھے وہ جن کے پاس سیکنڈ ہینڈ کاریں اور سیکنڈ ہینڈ دل ہوتے ہیں۔ اس کے پیچھے لٹے ہوئے، بگڑے ہوئے نواب، جن میں اکثریت حیدرآباد کے برباد نوابوں کی تھی، اس کے بعد ایسے ہی جیب خالی رکھنے والے اور ٹپاپٹ آنکھیں مارنے والے جیسے ان کے آنکھ مارنے سے رنڈی ان کی گود ہی میں آ بیٹھے گی —— پھر تو محلے ٹولے کے لوگ، خانساماں لوگ، بیرے، ڈرائیور، شوفر لوگ، جو صرف کھڑے کھڑے ترسی ترسی نگاہوں سے نظارہ محبوب کرتے ہیں۔ اگلی صف میں ظاہر ہے سکندر بھی تھا ——

کیوں کہ وہ خود بھی کپڑے کی چھ ملوں کا مالک تھا —— !!

گانا شروع ہوا —— چاندنی نے پہلے تو حاضرینِ شادی پر ایک چھیلتی سی نظر ڈالی، اور پھر شاید محفل کا رنگ دیکھ کر شروع ہو گئی ؎

ہم بھی پئیں، انہیں بھی پلائیں تمام رات

جاگیں تمام رات جگائیں تمام رات

سننے والوں نے پہلو بدلنے شروع کئے —— چاندنی ڈائس پر تھی اور سکندر ڈائس سے بمشکل دو تین قدموں کے فاصلے پر —— اس نے پھر ادا سے تان لگائی ؎

دابے رہے پروں میں نشیمن کو رات بھر

ان گیسوؤں کی لی ہیں بلائیں تمام رات

اور کم بخت نے اپنے سیاہ اور لانبے بال کھول کر خود ہی بلائیں لے ڈالیں —— کتنے کٹے کتنے مرے، کتنے گھائل ہوئے، اس کا لحاظ کئے بغیر وہ چالو تھی ؎

شب بھر رہے بہم ہم آغوشیوں کے لطف
ہوتی رہیں قبول دعائیں تمام رات

سننے والوں نے اس قدر بے چین ہو کر، بے کل ہو ہو کر صوفوں پر کروٹیں بدلیں، جیسے صوفوں میں کن کھجورے گھس پڑے ہوں۔

سیاہ گھٹاؤں میں سے چاند ایسا چمکتا چہرہ ـــــ کافر شباب، صحیح معنوں میں کافر کر دینے والا ـــــ غضب خدا کا نا گلون کا پھنسا ہوا بلاؤز کہ یہ پتہ ہی نہ چلے کہ کپڑا کدھر ہے اور بدن کی جلد کدھر ـــــ اور اس نے تان ملائی ـــــ سکندر ہی کو دیکھ کر!

مدت سے آرزو ہے یہ دل میں بسی ہوئی
اے کاش تم کو ساتھ سلائیں تمام رات

اک دم محفل میں پٹس پڑ گئی ـــــ سب نے بوکھلا کر، ایک دوسرے کو دیکھنا شروع کیا ـــــ سکندر صوفے پرے کودا اور اس کے قریب جا کر بولا:

"غضب کرتی ہیں آپ بھی ـــــ غزل میں اس شعر کا پتہ ہی نہیں، جو چاہے الٹ پلٹ گا رہی ہیں آپ ـــــ!"

وہ ایک عورت کی طرح نشیلی اور دل جیت لینے والی ہنسی ہنس کر بولی:

"میں کب کہتی ہوں غزل میں تھا ـــــ یہ شعر تو میں نے اپنے دل سے جوڑا ہے۔"

سکندر صوفے پر واپس آگرا ـــــ اب اس میں کچھ پوچھنے، سوچنے، سمجھنے کسی بات کی صلاحیت نہیں رہ گئی تھی۔ ابھی ابھی تک تو چاندنی ایک خوب صورت دیئے کی مانند تھی، جھلملاتی شمع کی مانند کہ جس کی طرف دیکھنے سے آنکھوں کی جرأت مانند پڑ نہیں پڑتی، بلکہ خود آنکھوں میں جگمگاہٹ مچل اٹھتی ہے، لیکن ابھی ابھی وہ ایک شعر "دل سے جوڑ دینے" کے بعد، اسے ادا سے پڑھنے کے بعد، ایک بجلی بن گئی تھی ـــــ ایسی بجلی جس کی طرف دیکھو تو صرف یہ کہ بینائی سے ہاتھ دھونا پڑے

بلکہ جو تن من سب کو جلا کر خاکستر کر دے۔

رنڈی پر دل آجانا ایسی کوئی پریشانی کی بات نہیں —— وہ بھی تو دال آٹے بھاجی، بکیل کی طرح ایک سودا ہوتی ہے کہ پیسہ پھینکو اور من بھاتی چیز حاصل کرلو —— اور سکندر نے بھی یہی کیا —— وہ تو لاکھوں میں کھیلتا تھا، اس کے لئے پیسہ بے معنی شے بن چکا تھا —— بمبئی جیسے شہر میں مالابار ہلز پر کوٹھی —— اور وہ بھی ذاتی کوٹھی —— کیا بات ہے جناب —— ایسی ایسی کئی کوٹھیاں اور زمینیں اور جائداد اس کی قسمت سے بمبئی میں پھیلی ہوئی تھیں۔ نام کا ہی سکندر نہ تھا قسمت کا بھی سکندر تھا —— اسے پتہ لگ چکا تھا کہ چاندنی بھی اسی کے قرب و جوار میں ایک چھوٹی سی خوب صورت سی کوٹھی میں رہتی ہے —— جس کا نام اُس نے "چاند نگر" رکھ چھوڑا تھا —— اُس نے یوں کبھی یار آتے جاتے اس نام کو دیکھا ہوگا۔ لیکن یہ پتہ نہ تھا کہ چاند نگر میں واقعی کوئی چاندنی بھی چھپی ہوگی ——

ایک دن وہ بڑے ٹھاٹ کے ساتھ وہاں پہنچ ہی گیا —— ڈرائنگ روم میں ایک سڑیل سی بوسیدہ بڑھی نے جب اس کا استقبال کیا تو وہ حد درجہ بور ہو گیا —— یہ کیا مصیبت ہے سالی —— یہ اس قسم کی ماڈرن اور مہذب خواتین اپنے ساتھ نائکہ کیوں چپکا لیتی ہیں —— کم سے کم السیشین ڈاگ سے تو یہ کام نکل ہی سکتا ہے —— اشارہ کیا کہ وہ دوڑا —— اب آپ فرض کیجئے میں آپ کی بیٹی یا پوتی یا نواسی جو کچھ بھی وہ ہیں، انہیں اُٹھا کر لے بھاگوں اور کار میں بٹھا کر چلتا بنوں —— تو جناب آپ میرا کیا سُدھار لیں گی —— ؟ وہ ہنسا، اور بے حد مہذب مسکراہٹ ہونٹوں پہ لا کر اور دل کی ساری تلخی اور بوریت دل میں گھونٹ کر بولا ——

"میں مس صاحبہ سے ملنا چاہتا ہوں ——"

پھر اس ایک جملے سے جس گفتگو کی ابتدا ہوئی تھی، اس کے اختتام پر جاکر اُسے یہ پتہ چلا کہ یہ جو چاندنی بیگم ہیں ——— چاندنی کی کرنوں کی طرح شیتل، سنہری، پاک اور وہ ہاتھ میں نہیں آنے والی ہیں ——— اس لئے کہ وہ رنڈیوں کے اس خاندان سے تعلق رکھتی ہیں جو صرف گلا ——— یعنی آواز اور جسم کی چلت پھرت، یعنی رقص کا ہی سودا کیا کرتی ہیں ———" اور تو اور سب کچھ نہیں چلتا جو آپ سوچ کر آئے ہوں گے ———" اور پھر بھی ایک رات کے پانچ ہزار ——— !سکندر نے اپنا سر ٹھونک لیا ——— پھر بڑی بی نے سمجھایا ——— "بچو میاں ——— اپنا راستہ پکڑو ——— رات بھر کے پانچ ہزار دے کر بھی آخر میں کیا ملیں گا بولاں کے ——— ؛ لیکن اب سکندر کا عشق اس حد پر پہنچ چکا تھا کہ اور کچھ نہیں تو نہ سہی، خالی نگاہوں کی پیاس ہی بجھتی رہے چلتے چلتے اس نے بڑے ملائم الفاظ اور میٹھے لہجے میں آخری بات کہہ دی۔

"آپ کیوں اُن کے ساتھ آنے کی تکلیف گوارہ فرمائیں ——— ؟ میں خود جا کر شام کو انہیں لے جاؤں گا ———"

شاید بڑھیا کو اپنے مال کے "پکے پن" کا یقین تھا، یا سکندر ہی اسے گھامڑ نظر آیا ہو ——— بہرحال وہ اس بات پر راضی ہو گئی کہ چاندنی اس کے ساتھ تنہا ہی جائے ———

وہ رات بجائے بارہ گھنٹوں کے بارہ صدیوں کے بعد آئی اور سکندر نے کچھ یوں سوچا کہ ممکن ہے قیامت ایسے ہی آتی ہو !!

سکندر نے اُسے بے حد آرام دہ نرم صوفے میں لا کر بٹھایا اور بے حد قریب بیٹھ کر بالکل بچوں کے سے انداز میں ایک ٹک اُسے گھورنے لگا۔ بچے ایسے ہی گھورتے ہیں مثلاً کہ پلک تک نہ ماریں ——— ان بے چاروں کو بھلا محفل کے طور اطوار

آداب لحاظ کیا معلوم —— وہ تو بس جس چیز پر نگاہ جم جائے، دیکھے ہی جاتے ہیں —— اور سکندر بھی اس وقت اپنے جذبات کے ہاتھوں بچہ سا بن کر رہ گیا تھا، بڑی بے تکی، بڑی ملائمیت بڑے بھولپن سے اُسے نگاہ بھر کر دیکھے گیا —— چاندنی کھل کھلا کر ہنس پڑی —— بڑی شفاف ہنسی ہنس پڑی۔

"یوں کیا گھور رہے ہیں آپ —— ؟"

"تم بڑی خوب صورت ہو ——" وہ بے حد سچائی سے بولا۔

"آپ کا تعریف کرنے کا انداز بھی خوب ہے ——" اور جیسے کانچ کی چھوٹی چھوٹی بہت سی کٹوریاں، بہت سی کٹوریوں سے ٹکرا گئیں۔

"مجھ سے شادی کرلو نا ——" سکندر بالکل اس انداز سے بولا جیسے کوئی بچہ اپنے دوست سے بڑی معصوم سی بے تکلفی سے کہے —— "اپنی یہ پتنگ مجھے دے دو نا —— !"

چاندنی نے ذرا حیرت سے اس کی طرف دیکھا —— ذرا سا ہنسی —— پھر بولی ——

"شادی کریں تو بچے ضرور پیدا ہوتے ہیں ——"

سکندر حیرت سے بولا: "پھر —— ؟ یہ تو بے حد سہانی بات ہے ——"

وہ ہنس دیا ——

"اجی جناب ——" چاندنی نے بہت دور جا کر بات کا سلسلہ جوڑا —— "میں نے ایسی بھی کئی خواتین دیکھی ہیں جن کا "حسن" ایک دو بچوں کے بعد ناف تک لٹکنے لگتا ہے۔ ظاہر ہے میرا پیشہ ایسا ہے کہ جب تک جسم ساتھ دیتا ہے پیسہ آتا رہتا ہے۔ بعد میں تو بس —— جی ہاں —— معاملہ ختم ——" وہ یک لخت بے حد اداس ہو گئی ——

سکندر مارے جوش کے دوسرے صوفے پر جا بیٹھا —— "یہ تم کیا کہتی ہو

جسم پیسے کا دروازہ ہے ——— ایک رات کے پانچ ہزار تو لیتی ہونا —— ؟ اب تم ذرا حساب جوڑ کے مجھے بتاؤ کہ اندازاً تمہاری عمر کتنی ہے اور ابھی آگے کے دن زندہ رہنے کا سوچ سکتی ہو —— چلو زندگی بھر پانچ ہزار روپے روزانہ کے حساب سے دے دیے تمہیں سنہری سکے ——"

چاندنی بے حد بھرپور ہنسی ہنسی —— "جناب چار دن بعد جب عشق کا خمار اترے گا اور حضور ٹھنڈے پڑ جائیں گے تو پانچ ہزار تو کدھر —— پانچ نئے پیسے بھی پھینک کر نہ ماریں گے ——"

سکندر جھلا کر بولا ——"یہ غلط ہے۔"

"ہونہہ غلط —— ؟" وہ پھر ہنسی —— "جب تک یہ کھال آئینے کی طرح چمکتی ہے اور جب تک یہ جسم تنا ہوا رہتا ہے، تب ہی تک مرد کی محبت بھی قائم رہتی ہے، ورنہ تو بس . . . " وہ پہلی بار بگڑ بیٹھی —— "آپ یہ سب سنانے کے لئے ہی مجھے یہاں لائے ہیں یا کچھ سننے گا بھی —— ؟"

سکندر چاپلوسی سے بولا —— "آج تو وہ سب کچھ کرنے کو جی چاہتا ہے جو تم نے اپنے دل سے شعر میں جوڑا تھا —— یاد ہے نا —— ؟" اور سکندر نے ہاتھ بڑھایا کہ اُسے اپنے قریب تر کر لے ——

چیں —— ایں —— اوں —— باہر آوٹ ہاؤس سے کسی مریل سے بچے کے رونے کی آواز آئی اور سکندر جھلا گیا —— اک دم وہ اُٹھ کر کھڑکی کے پاس گیا، باہر دو ایک منٹ جھانکتا رہا، پھر گرجتا ہوا واپس آکر صوفے میں دھم سے گر پڑا —— "کم بخت نے چین حرام کر دیا ہے —— جب دیکھو تب چیں —— چیں —— چیں —— پلّے کو اٹھا کر پھینکوا نہیں دیتیں اماں بی ——"

چاندنی نے از خود پہلی بار بات کی ——

"آپ حیدرآباد کے نواب ہیں ——— ؟"

سکندر نے اس کی طرف ذرا حیرت سے ہنس کر دیکھا، پھر بولا "کیوں ——— ؟ تمہیں کیوں کر احساس ہوا ——— ؟" پھر خود ہی بولا "نواب تو کیا ہوں، ہاں کھگوڑا ضرور ہوں ———"

"کھگوڑا ——— ؟" چاندنی حیرت سے ہونٹ دبانے لگی ———

"ہاں! ایکشن کے وقت کچھ عقل ساتھ دے گئی ——— تھوڑا بہت اثاثہ حضور ابا مرحوم کا پاس تھا، لے کر بمبئی بھاگ کھڑا ہوا ——— اماں جی کو بھی ساتھ لے آیا ——— اوپر والے نے قسمت میں آرام لکھ دیا تھا ——— کاروبار میں وہ ترقی ہوئی کہ بس نوابی پیچھے پڑ گئی اور ایسی ایسی کئی کوٹھیاں خدا نے دے دیں کہ حیدرآباد میں رہ کر خواب میں بھی نہ سوچا تھا کہ کبھی ملیں گی ———" وہ رکا ——— "لیکن تمہیں یہ سوال کیسے سوجھا ——— ؟ کیا بات چیت سے میں حیدرآبادی لگتا ہوں ——— ؟ میری اماں بی تو 'یو. پی' کی ہیں ——— !"

وہ ہنس دی ——— "نہیں یہ بات نہیں - دراصل آپ کا خاندانی دبدبہ اور گرجنے برسنے کی ادا ———" وہ پھر کھل کھل کر کے ہنسی ——— "غریبوں کے بچوں کو محض رونے کی سزا یہ کہ اٹھا کر پھنکوا دیئے جائیں، صرف نواب ہی دے سکتے ہیں ———" اس نے قدرے رک کر، بڑی ادا سے سر اٹھا کر پوچھا ——— "کیوں غلط کہا میں نے ——— ؟"

سکندر بے حد جھلا اٹھا ———

"قسم خدا کی ——— حد ہو گئی ——— جس رات کو سہاگ رات کی طرح حسین اور خوشگوار گزرنا تھا، وہاں یہ کس درجہ بدذوقی ہو رہی ہے ——— کوئی تک ہے بھلا ——— ؟؟"

چاندنی تنک کر بولی ——

"واہ —— یہ آپ سے کس نے کہہ دیا کہ آج کی رات سہاگ رات تھی —— ؟ آپ کس وعدے پر مجھے یہاں لائے ہیں —— ؟ گیت سننے اور رقص دیکھنے کے وعدے پرنا —— ؟ آپ تو تیسری ہی بات سوچ رہے ہیں —— ؟"

"اور جو میں زبردست بن جاؤں ؟"

چاندنی اسی اطمینان سے بولی —— "میں ایسا سمجھتی ہوں کہ شاید دو مرد مل کر تو ایک عورت کو زیر کر سکتے ہیں، لیکن ایک مرد —— ہونہہ —— !" اس نے کچھ حقارت سے اور نفرت سے سکندر کو دیکھا ——

سکندر ہنسا —— "نام کا ہی سکندر نہیں ہوں، قسمت کا بھی ہوں ۔ وہ جس نے سارا ہندوستان فتح کیا تھا ——"

"ضروری نہیں کہ عورت کے دل کو بھی فتح کر سکے ——" چاندنی نے جملہ پورا کر دیا ۔

اُوں —— اُوں —— ایں —— پھر اُسی آواز نے بات کا سلسلہ ختم کر دیا —— تھوڑی دیر خاموشی رہی، پھر سکندر گویا ہوا ۔

"اماں بی کو بڑا شوق ہے بچے پالنے کا —— کتے کے بچے، بلی کے بچے، خرگوش کے بچے —— اِس کے بچے، اُس کے بچے ——"

اُس کے اندازِ بیان پر چاندنی کو ہنسی آنے لگی —— وہ ساتھ ہی ساتھ گنگنانے بھی لگی تھی —— سکندر ذرا جوش سے اُٹھ بیٹھا —— "ظاہر ہے انسان کے بچے —— یعنی میرے بچوں کی بھی انہیں تمنا ہوگی ہی —— لیکن جسے انہوں نے پسند کیا، اسے میں نے ناپسند کر دیا، اور جسے میں نے پسند کیا ... —— اُس نے مجھے ناپسند کر دیا ——" اُس نے بڑے معنیٰ خیز انداز سے چاندنی کو ہنس کر دیکھا، اور

ہنس کر ذرا بے باکی سے اپنا ہاتھ بڑھایا ـــــ چاندنی خطرہ بھانپ کر کچھ پیچھے ہٹی اور دونوں ہاتھ اپنے سینے پر باندھ لئے ـــــ

سکندر خالص بدمعاشی کے موڈ میں تھا ـــــ لپک کر بولا۔ "چاند داغ جی کی چیز ہو جائے۔ ع

وہ الگ باندھ کے رکھا ہے جو مال اچھا ہے'

چاندنی کسمسا کر بولی ـــــ "یہ باتیں کوئی اچھی باتیں ہیں ـــــ؟ اب میں آپ سے صفا صفا کہتی ہوں کہ میرے مذہب میں جسم کو کسی کا ہاتھ لگنے دینا حرام ہے ـــــ"

"ہٹاؤ بھائی جسم وِسم کے جھگڑے کو ـــــ مجھے احتراماً صرف جنّت کے کنگوروں کو چھُونے کی اجازت دے دو ـــــ"

چاندنی ڈھیٹ بن کر بولی ـــــ "کنگورے، بُرجیاں، گنبد، سنگِ مرمر کی چٹانیں، یہ سب چیزیں ناقابلِ حصول ہیں حضور ـــــ بس کیجئے نظارہ دُور دُور سے" وہ گنگنانے لگی ـــــ گنگناتے گنگناتے وہ سنجیدہ ہو کر بولی۔

"دیکھئے سکندر صاحب ـــــ میں جس انداز سے سوچتی ہوں، آپ نہ سوچ پائیں گے ـــــ اپنی ماں کا حشر میرے سامنے ہے ـــــ اپنی خالہ کا حالِ تباہ میں نے دیکھا ہے ـــــ میری کئی جان پہچان والیاں ہیں جنہوں نے جسم کی تجارت کی، نتیجے میں انہیں کیا مِلا ـــــ؟ مرد کی ذات بے حد کمین ہوتی ہے ـــــ وہ صرف دو لمحے کی لذّت کے بارے میں سوچتا ہے۔ اس کے لئے اتنے جتن کرتا ہے ہزاروں لاکھوں تک لُٹانے سے نہیں چُوکتا ـــــ عورت کو چُوس چُوس کر پھوک بنا دیتا ہے ـــــ دُنیا میں سارا جھگڑا پیٹ اور پیسے کا ہے ـــــ آپ آج میرے جسم کی خوبصورتی سے مسحور ہو کر مجھ سے شادی تک کرنا چاہتے ہیں، لیکن چار چھ

راتوں میں ہی جب میرا کس بَل نکل جائے گا، میں قدموں تلے کی دھول بنادی جاؤں گی ــــ میں ممکنہ حد تک جوان رہنا چاہتی ہوں کہ زندگی کا کچھ تو مزہ لے سکوں ــــ جسم کا سودا کروں گی تو ربر کے نکلے ہوئے غبار کی طرح میرا حشر ہو کر رہ جائے گا ــــ ورنہ دل تو کیا کیا نہیں چاہتا ــــ اور کیوں نہ چاہے ــــ کیا عورت نہیں ہوں میں؟"

وہ تنائے کے ساتھ آگئی ــــ "جنے کیوں آپ میرا وقت برباد کر رہے ہیں اور ساتھ ہی میرا دماغ بھی خراب کر رہے ہیں ــــ مجھے نہ چاہئیں آپ کے پانچ ہزار دس ہزار ــــ مجھے جانے دیجئے ــــ پانچ ہزار کی میرے پاس کیا اوقات ہے ــــ اُسی رات جب آپ سے پہلی بار کھنیٹ ہوئی ہے، میں نے بجائے پانچ کے ساڑھے سترہ ہزار بنالئے تھے ؟ آپ اِترلتے کس بات پر ہیں ــــ ؟"

"واہ بھئی وا ــــ تم عورت ہو کہ پٹاخہ ــــ پٹ پٹ بولے ہی چلی جاتی ہو ــــ تمہیں تقریر کرنے تو نہیں بُلایا تھا ــــ"

"تو گانا سُنئے ــــ رقص دیکھئے ــــ لیکن جو میری راہ نہیں اس پر نہ چلوائیے"

سکندر ذرا کمینے پن سے ہنسا ــــ "یہ ساری باتیں یہاں تک تو ٹھیک ہیں ــــ لیکن اگر میں یہ کہوں کہ تم اتنی رات گئے اتنی تنہائی میں ایک مرد کے ساتھ اکیلی ہو ـ تو؟"

اس نے اَدا کے ساتھ مصرع پڑھا ؏

"عُمر گزری ہے اسی دشت کی سیاحی میں"

"یہ آپ اچھی طرح سوچ رکھیں کہ میں ایک ہی نظر میں بھانپ لیتی ہوں کہ کون مرد کس قماش کا ہے ؟ اور جب مجھے خطرہ نظر آئے تو میں تنہا قدم نہیں اُٹھاتی ــــ آپ کا رویہ کیسا بھی سہی، میں رنڈی سہی، تنہا سہی، لیکن اتنا پھر بھی یقین ہے کہ آپ دست درازی نہیں کریں گے ــــ مجھے خون کی پہچان ہے ــــ" وہ صوفے پر نیم دراز ہو گئی ــــ

"نیند ہے کہ کم بخت آئے جا رہی ہے اور آپ ہیں کہ بس ——" اُس نے ہنس کر انگڑائی لی ——

سکندر نے ننھے روٹھے ہوئے دولہے کی طرح موتہہ پھیر لیا —— چاندنی نے بغیر ساز کے، ایک گھریلو سی لوری گنگنانی شروع کردی۔

سکندر کے اندر کا سرکش مرد میٹھی میٹھی مدھر تان سنتا سنتا سونے پر آگیا ——

چیں —— ہاں —— ہاں —— اوں —— آں ——

باہر سے پھر اُسی مریل سی آواز نے مداخلت کی اور سکندر سوتا سوتا پھر اُٹھ گیا۔ اور اب کی بار ایسا جھنایا کہ دروازہ کھول کھٹاک سے باہر —— واپس پلٹا تو اس کے ہاتھوں میں چیں چیں کرتا ایک چھوٹا سا بچہ تھا، وہ تیزی سے اُسے لئے اندر گھس ہی رہا تھا کہ چاندنی تیزی سے بھاگ کر اس کی راہ میں آگئی ——

"غصّے میں مار ہی ڈالیں گے کیا آپ ——؟"

"نہیں اماں بی کے حوالے کر رہا ہوں، یا تو اسے سنبھالے یا اپنے ہاتھوں مار ڈالئے —— قسم خدا کی کوٹھیوں میں یہ آؤٹ ہاؤس والا سسٹم ہونا ہی نہیں چاہیئے —— اور پھر ان کم بختوں کو اتنی تمیز بھی تو نہیں کہ دور لے جا کر بہلائیں —— یہیں میری ناک کے پاس ہی لے کر ٹہلیں گے ....."

ڈر سے کانپتا، مگر محبت سے مجبور مالی اُسی دم کمرے کے دروازے پر نمودار ہوا اور روتا ہوا بولا "کا کریں سرکار —— گھر والی کو مرے دن ہی کتنے ہوتے ہیں، بچہ ہی کی تو بات ہے۔ نہ اُوپر کا دودھ موتہہ میں پکڑے نہ بہلائے بہلے —— ہم تو مجبور ہو گئے۔ بے چاری دھوبن بہلانے تو ذرا دیر سو جاتے۔ تنک سو کر دہی ٹھاں ٹھاں ہے —— ہم تو ہار گئے۔"

"ہار گئے ہو تو اسے زہر پلا کر ختم کر دو —— یا پھر لے جاؤ بڑی بیگم کے پاس۔

دہی کچھ بندوبست کریں گی ——" اُس نے گیند کی طرح بچے کو اُچھالا —— لے جاؤ یہاں سے ——!" اِک دَم چاندنی نے بچّہ کو ہاتھوں پر جھیل لیا —— ڈرے ہوئے چوہے جیسے بچے نے اور زور سے چیخیں مارنی شروع کر دیں —— جس کمرے کو رقص و سرُود سے، پائل کی چھم چھم اور مدھر تانوں سے گونجنا تھا، وہاں بے وقت کی بھیرویں ہو رہی تھی ——

جب اس کی روں روں کسی طرح نہ رُکی تو چاندنی نے اُسے سفید سفید بازوؤں میں بے حد ماہرانہ انداز سے جھکولے دیئے اور صوفے کے ایک کونے پر ٹِک کر اپنے بلاؤز کے بٹن کھول کر بے حد محبت اور پیار کے ساتھ اپنی گوری گوری اور تنی ہوئی چھاتی اس کے مُونہہ سے لگا دی —— سکندر نے حد درجہ حیرت کے ساتھ دیکھا ——

"اررر... تمُ —— ؟ تُم تو —— غالباً کنواری ہو، تمہارے دودھ اُتر آئے گا؟ اور پھر تمہارا حسن ——! ناف تک لٹک نہ جائے گا ——؟؟ اور تمہارے ....."

چاندنی نے بات کاٹ دی —— "تُم کیسے مسلمان ہو —— تمہیں بی بی مریم کی داستان بھی نہیں معلوم ——؟؟ خُدا بغیر شوہر کے بچّہ دے سکتا ہے تو بغیر بچّے کے دُودھ کیوں نہیں دے سکتا ——؟؟"

سکندر نے حیرت سے دیکھا، دیکھتا ہی رہا۔ اس وقت چاندنی کے چہرے پر دُنیا بھر کی ماؤں کا نُور ایک ساتھ جھلک رہا تھا۔

پیٹ

سہاگ رات کس قدر گرم تھی !

حالاں کہ اس کی شادی جاڑوں کے ٹھنڈے ٹھنڈے برف سے دِنوں میں ہوئی تھی ——

سُرخ سُرخ کپڑوں میں لپٹی اس کی دُلہن جیسے انگیٹھی دہک رہی ہو —— لیکن انگیٹھی تو کبھی نہ کبھی سَرد پڑ جاتی ہے —— اس کی دُلہن تو سدا بہار آگ تھی۔

دوستوں کا سکھایا پڑھایا قطعاً کام نہ آیا۔ مُدتوں تو وہ یوں ہی دُلہن کو ٹک ٹک دیکھے گیا۔ ساری گھبراہٹ یہ تھی کہ کانچ کی اس مورتی کو دیکھتے دیکھتے ہی رات صبح سے نہ بدل جائے۔ لیکن دیکھنے سے جی بھرتا تب ہی تو وہ ہاتھ پاؤں ہلاتا —— یہاں تو مرنے والے کی طرح جسم کا سارا دَم دو آنکھوں میں آکر اٹک گیا تھا۔

آنکھوں کا دِل تو بھرنے سے رہا —— اُس نے ایک ترکیب سوچی "آنکھیں بند کرلوں —— ؟ وہ مُسکرایا، پھر اُس نے آنکھیں بند کرلیں، اور نرم نرم گڑیا کو

بانہوں میں بھر لیا۔

وہ پاگلوں کی طرح بکھر رہا تھا۔

"میں تمہاری دھجی دھجی اُڑا دوں گا ـــ"۔ ہلکی ہلکی کسمساہٹ اور شرم کے ساتھ دُلہن "نہیں نہیں" کہتی جا رہی تھی۔ لیکن انداز حیا میں ایک سپردگی تھی ـــ

"پلیز ـــ پلیز۔۔۔۔۔۔"

وہ دونوں ہاتھوں سے اپنا موتھ، اپنا سراپا چھپا چھپا لیتی۔ لیکن وہ اپنی طاقت کے بل پر اس کے ہاتھوں کے پیالے میں سے چہرے کا پھول اپنے ہونٹوں کے قریب لے آتا۔۔۔۔۔۔

وہی التجا ـــ

پلیز ـــ پلیز۔۔۔۔۔۔

"پلیز نہ پلیز ـــ" وہ وحشی ہوا جا رہا تھا۔ "پھر تم اتنی حسین کیوں ہو گئیں؟"

اور وہ سہاگ رات والی بے قراری آج چھ سال گزرنے پر بھی اُسی طرح قائم تھی۔ اور وہ دیوانہ کر دینے والا حسن دو بچوں کو جنم دینے پر آج بھی اسی طرح قائم تھا۔

وہ دونوں جب کبھی گھومنے پھرنے جاتے محمود ہمیشہ ساتھ میں ایک تیز دھار والا چاقو اپنے ساتھ لئے رہتا۔ پہلے پہل اس نے گھبرا کر پوچھا تھا۔ "یہ۔۔۔ یہ اتنا بڑا اور تیز چاقو ـــ یہ پھینک دیجئے ـــ مجھے اس سے ڈر لگتا ہے، آخر اس کا مصرف کیا ہے ـــ!"

"مصرف ـــ؟" وہ خوش دلی سے ہنسا تھا ـــ "ارے بابا میں کوئی ایسا غنڈہ نہیں ہوں جو چاقو چھرے اپنے ساتھ لئے گھومتا رہوں۔ لیکن جانِ من تم اس قدر حسین ہو اور اتنی عزیز ہو کہ میں برداشت نہیں کر سکتا کہ کوئی اور تمہیں نظر بھر کے بھی

دیکھ لے ——"

وہ ہنسی ——" ارے واہ —— سڑک پر بغیر پردے کے چلیں گے تو کبھی نہ کبھی کسی کی نگاہ تو پڑے گی ہی ——"

"نہیں ——" وہ بُری طرح چیخا تھا —— پھر وہ اپنے لہجے کی تیزی پر ذرا شرمندہ ہو کر بولا —— "معاف کرنا میری چاند —— میری ثریا —— اس معاملے میں مَیں بڑا قدامت پرست اور حاسد ہوں۔ جو تمہیں بُری نظر سے دیکھے گا وہ سیدھا اللہ میاں کے پاس پہنچ جائے گا ......"

یہ سارا محبت کا کھیل تھا۔ لیکن ثریا نے سہم کر سوچا ——

"اللہ نہ کرے جو کبھی مَیں بھٹکوں ——"

سہاگ رات کا نشہ ایسا نشہ تھا جو ایک بار چڑھا تو پھر کبھی اُترا ہی نہیں۔ لڑکی دلہن بنتی ہے —— دُلہن سے ماں —— ماں سے عورت —— ماں بن کر کہنے والے کہتے ہیں: عورت اپنا وہ جادو اور جادو کھو دیتی ہے جو مَرد کو باندھ کر رکھتا ہے۔ جسم ڈھل جاتا ہے تو مرد کی محبت بھی چاند کی طرح ڈھل جاتی ہے، لیکن ثریا تو جیسے اتنے سارے دنوں سے کسی برف خانے میں بند رہی تھی۔ وہی کسا ہوا جسم —— وہی دلبری کی ادائیں —— وہی بہکا دینے والی معصومیت —— وہی گرما دینے والی شربتی آنکھیں —— سنیچر کی رات اپنے دامن میں دیوانگی کے جراثیم لے کر آتی —— "آج مَیں بادشاہ ہوں ——" محمود فخر نے سینہ پھلا کر کہتا —— "جانتی ہو کہ —— آج سنیچر ہے۔ آج ہماری سہاگ رات ہے۔ کل اتوار ہے۔ جی بھر کر جاگیں گے اور جی بھر کر سوئیں گے ——"

دل میں خوش ہو کر بظاہر شرما کر ثریا بولتی —— اور جو یہ دو دو رقیب رُو سیاہ ہیں —— ؟" اس کا اشارہ بچوں کی طرف ہوتا۔

"افیون کھلا کر سُلادیں گے سالوں کو——" وہ خوش دِلی سے ہنستا ثریّا ہنس دیتی—— ہنسے ہی جاتی۔

اور رات جب چُپکے سے اپنا آنچل پھیلاتی محمود نئے دُولہوں کی سی بے قراری سے بچّوں کے سو جانے کا انتظار کرتا اور جیسے ہی بچّے سوتے وہ جھپٹ کر ثریّا کو گود میں اُٹھا کر بھاگ جاتا۔

دوسرے کمرے میں لا کر وہ اُسے دھیرے سے صوفے پر لٹا دیتا۔ اور جاڑوں کے ٹھنڈے ٹھنڈے برف جیسے دِن گرمیوں کی طرح تپنے لگتے۔

"کہو تم میری ہو——"

اُس کی بے وقوفیوں سے تنگ آ کر وہ بچّوں کی طرح جواب دئے جاتی——

"ہاں بابا، آپ کی ہوں——"

"ہمیشہ میری رہو گی نا؟ ہر حال میں——!"

"سو فی صد——"

"کبھی کسی کی طرف جھکو گی تو نہیں نا——؟"

وہ ہنس دیتی——" میں بھی سدا تمہارا ہی رہوں گا——"

اور یہ حقیقت تھی کہ ہر حال میں وہ اسی کی تھی——اب جب کہ چند مہینوں سے اس کی نوکری چھوٹ گئی تھی اور دانے دانے کی محتاجی ہو گئی تھی——گھر کا سامان بکنے کی نوبت آ گئی تھی وہ اُسی کی تھی——بے حد صابر اور شاکر۔ نہ ہونٹوں پر فریاد نہ چہرے پر شکایت——کبھی کبھار وہ خود کو گنہ گار محسوس کرتا۔ جب نوکری پرمننٹ نہیں تھی تو مجھے شادی کرنے کی کیا ضرورت تھی۔ آخر کسی کی آرزوؤں کا گلا گھونٹنے کا اختیار مجھے کِس نے دیا تھا——؟ لیکن یہ بھی کیسے معلوم تھا کہ ادھر بیچ میں یوں نوکری

چھُٹ جائے گی اور وہ ایم اے کی ڈگری لٹکاتا یوں ہی ٹھوکریں کھاتا پھرے گا ——'،
پھر بھی وہ اُس کی تھی۔

سنیچر کی ہر رات وہ بادشاہ تھا —— ویسے تو بے کاری نے ہر دن کو اتوار بنا دیا تھا لیکن سنیچر کی رات "سہاگ رات" منانے کی جو عادت اُس کی سرشت میں پڑ گئی تھی وہ بہرحال برقرار تھی۔

مرد غریب ہو جائے تو کچھ وہمی سا ہو جاتا ہے، ورنہ کوئی بات نہ تھی جو محمود سوچتا کہ ثریا بدل سی گئی ہے —— اور یہ صرف پندرہ دنوں سے وہ محسوس کر رہا تھا ——

پچھلے سنیچر کو جب اس نے اپنی چاند جیسی چمکیلی اور مصری کی ڈلی جیسی میٹھی دُلہن کو بکھوے میں بھرا تو جذبات سے ٹوٹ کر بولا۔

"خُدا کی قسم کیا عورت ہو —— نامرد بازو بیٹھ جائے تو مرد ہو جائے۔"

لیکن اتنے بھرپور، تعریف سے لبریز جملے کا ثریا نے کوئی نوٹس ہی نہ لیا۔
چپ چاپ لیٹی رہی۔

ورنہ عورت —— اور بچوں والی عورت، جسے اپنے شباب کے بکھر جانے کا ذرا زیادہ ہی احساس ہوتا ہے، تھوڑی سی تعریف سُن کر کھل ضرور جاتی ہے، مگر وہ تو مسکرائی تک نہیں۔

اس نے پے در پے اس کے کئی پیار لے ڈالے، تب بھی وہ جیسے اپنے ہی خیالوں میں کھوئی ہوئی تھی۔

"تم مجھ سے کچھ کترا رہی ہو ثریا ——" اچانک وہ اٹھ کر بیٹھ گیا ——

"اب بکنے کے لائق کوئی سامان نہیں رہا۔ زیور تو سب جا چکا۔ اور راشن بھی

ختم ہو گیا ——"

"لیکن اس وقت اِن بے تکی باتوں کا کیا مقام ہے۔" وہ جھلّا گیا —— یہ عجیب بات ہے کہ مرد جب "سہاگ رات" منانے کے موڈ میں ہو تو پھر اسے کوئی پریشانی یاد نہیں رہتی —— اس نے پھر سے بساط بچھانی چاہی۔ اس کے گلے میں ہاتھ ڈالتے ہوئے بولا —— سب ٹھیک ہو جائے گا —— آؤ میرے گلے لگ جاؤ ——" لیکن اس نے محسوس کیا کہ اس کی دُلہن کچھ کترا رہی ہے —— پچھ سالوں سے جو اندازِ خود سپردگی اس میں رچا ہوا تھا، وہ کہیں کھو سا گیا۔ وہ کچھ ڈری ڈری سی لگ رہی ہے —— شاید حالات سے !!

اس نے بہت منانا چاہا۔ لیکن وہ بیٹھ کے سسکتی ہی رہی۔
وہ بھوکا ہی سو گیا —— نہ جسم کی بھوک مٹی نہ پیٹ کی۔

دوسرے دن وہ حسبِ معمول بشاش تھا۔ اتنی پیاری بیوی سے وہ ناراض رہ ہی نہیں سکتا تھا۔ وہ باہر جانے لگا تو ثریا لجاجت آمیز لہجے میں بولی:

"شام کو مجھے گھمانے لے چلئے گا!"

وہ اتنے پیار سے فرمائش کر رہی تھی کہ وہ یہ بھی نہ کہہ سکا کہ "میری جیب میں ایک پیسہ تک نہیں ہے۔ تمہیں باہر لے جانے کے لئے ایک روپیہ تو ہو —— بہر حال اس کا دل توڑا نہیں جا سکتا تھا۔ وہ بے حد پیار سے بولا:

"میری جان فرمائش کرے اور میں نا کہوں! شام کو تیار رہنا —— بچوں کو بھی لے لینا ——"

شام کو وہ گھر آیا تو سب تیار تھے۔ محمود نے بڑے اچنبھے سے دیکھا کہ ثریا

نے آج اپنی شادی والا سُرخ سُرخ جوڑا پہن رکھا ہے۔ اتنے سالوں میں کوئی دوسری عورت ہوتی تو جنے کتنی موٹی ہو جاتی۔ لیکن چھ سالوں کے بعد بھی ثریا کے وہ جوڑا جوں کا توں برابر تھا ___ اس نے تعریفی انداز سے بیوی کو دیکھا اور چاقو کو ٹٹولا ___

"چاقو رکھ لیا ہے نا ___؟" ثریا سنجیدگی سے بولی۔

"ایسی بیوی ساتھ ہو تو چاقو رکھنا ہی پڑتا ہے۔" وہ ہنسا۔

"ایسی بیوی کے لئے چاقو رکھنا ہی پڑتا ہے۔" وہ ہونٹوں ہی ہونٹوں میں بڑبڑائی پھر زور سے بولی۔

"مگر چلیں گے کہاں ___!" "بس کے کرائے بھر کے پیسے بھی تو نہیں ہیں۔" اُس نے جیبیں تھپ تھپائیں ___ "ہاں پیسہ تو ایک بھی نہیں۔"

"تو پھر یوں کریں کہ سمندر کے کنارے چلتے ہیں۔ پیدل پیدل نکل جائیں گے۔ قریب ہی تو ہے۔"

"ہاں آئیڈیا بُرا نہیں ___ جگہ اچھی ہے ___"

"خودکشی کے لئے زیادہ ہی اچھی ہے ___" وہ اپنی دھن میں پتہ نہیں کیا کہہ گئی۔

جب وہ چاروں سمندر کی ٹھنڈی گیلی گیلی ریت پر بیٹھ گئے تو اچانک محمود نے ثریا کا ہاتھ پکڑ لیا۔

"اب مجھے تم سچ سچ بتا دو کہ تمہارے دل میں کیا ہے۔ یہ تمہارا اکھڑا اکھڑا رہنا پھر گھر سے چلتے وقت چاقو کے بارے میں پوچھنا ___ اور پھر یہ کہنا کہ سمندر خودکشی کے لئے اچھی جگہ ہے۔ . . . تم چاہتی کیا ہو؟ جانِ من مجھے سب کچھ بتا دو ___ دِل کا بوجھ ہلکا ہو جائے گا . . . . . .

ثریا نے سکون کے ساتھ سانس لیا۔

"میں خود اسی لئے آپ کو یہاں لائی ہوں ــــ تاکہ میں خود کشی کرسکوں یا آپ مجھے چاقو مار کر ہلاک کردیں . . . . . . وہ آنسوؤں پر قابو پانا چاہ رہی تھی، اس لئے رُک رُک کر بول رہی تھی ــــ "میری سمجھ میں نہیں آتا کہ آپ جیسے شوہر کے ساتھ ایسی زیادتی کہاں تک روا ہے کہ جو چھ سالوں کے بعد آج تک بھی اپنی بیوی کو اسی طرح چاہتا ہے جیسے پہلی شب ہو. . . . ."

"لیکن تم کچھ بتاؤ گی بھی . . . . محمود انتہا سے زیادہ بے چین نظر آرہا تھا۔

میں . . . . . . وہ سسکی . . . . . . میں ابھی سب کچھ بتاتی ہوں . . . . اور وہ اس طرح سب کچھ کہتی گئی . جیسے چابی بھر دینے پر ریکارڈ بج اُٹھتا ہے ــــ

"آج سے پندرہ دنوں پہلے کی بات ہے میں نہاکر بالکنی میں بال سکھانے کھڑی تھی۔ سہ پہر کا وقت تھا۔ بجو کے بچوں کو میں نے ذرا سی شکر پانی میں گھول کر دودھ کے بہانے پلاکر سلادیا تھا ــــ میں مستقبل کے بارے میں سوچ رہی تھی جب ہمارے پاس بہت سے پیسے ہوں گے ــــ بنگلہ ہوگا ــــ کار ہوگی ــــ فون، فرج، بہت سے نوکر. کسی بات کے لئے ترستا نہیں پڑے گا، اور ہونٹوں پر خوشی کے نغمے ہوں گے . . . . . . اور شاید انہی خوش رنگ خوابوں نے میرے ہونٹوں پر مسکراہٹ بکھیر دی تھی اپنے خوابوں سے میں اس وقت جاگی، جب نیچے کار میں سے ایک خوش پوش نوجوان اتر کر سیدھا اوپر ہی چلا آیا ــــ میرا ہاتھ تھام کر وہ مجھے کمرے میں لے گیا اور ایک ایک کرکے میرے سارے کپڑے اتارتا گیا ــــ بیچ بیچ میں وہ کہتا رہا :

"ڈارلنگ ــــ کپڑے تو بدصورت عورتیں اپنی بدصورتی چھپانے کو

پہنتی ہیں — تم جیسی حسین عورتوں کو تو ننگا ہی رہنا چاہیے۔"

مجھے پتہ تھا کہ یہ سب کچھ کیا ہو رہا ہے، کیوں کہ میں کوئی بچہ نہیں تھی —— ایک بیوی تھی جس نے چھ سال کی کئی خوب صورت راتیں اس انداز سے گزاری تھیں لیکن اُس وقت میرے ذہن میں صرف دو بچے تھے جو شکر ملا پانی پی پی کر سوئے ہوئے تھے، جو جاگ کر مجھ سے روٹی کا مطالبہ کرنے والے تھے۔ جن کا باپ شام کو نوکری کی ناکام تلاش کے بعد بھوکا ماندہ گھر واپس آنے والا تھا —— گھر جو مالکِ مکان کے تقاضوں سے ہاتھ سے جانے ہی والا تھا —— ایسے میں میں نے کوئی مزاحمت نہ کی —— مجھے رونا تو اُس وقت آیا جب وہ دس دس کے نہیں ..... سو سو کے دو نوٹ میرے ہاتھوں میں یہ کہہ کر تھما گیا کہ —— "ڈارلنگ تم جیسی حسین اور پیاری گڑیا کے لئے یہ دو سو روپے کوئی حقیقت نہیں۔ تم اسی طرح مسکراتی ہوئی بالکنی میں کھڑی رہو تو میں قسم خدا کی روز روز یہ پھیرے لگاؤں..."

پھر جب وہ چلا گیا تو میں راشن کارڈ لے کر سیدھی راشن کی دکان پر گئی۔ دال، چاول، آٹا، گوشت سبھی چیز آ گئی —— میں نے ساروں کے پیٹ کا دوزخ بھر دیا —— لیکن خود ایک ایسے دوزخ میں جلنے کے لئے زندہ رہ گئی جس کا حال سوا میرے کوئی نہیں جان سکتا تھا —— میں نے یہ سارے دن کیسے گزارے؟ اُس کا دُکھ میں کیا کہوں؟ آپ کے ڈر سے پڑوسن سے قرض کا ڈھونگ رچایا اور باقی کے روپے ابھی تک صندوق میں پڑے ہیں....."

ریکارڈ ختم ہو چکا تھا —— بڑی دیر خاموشی چھائی رہی —— دونوں بچے کھیلتے ہوئے دُور نکل گئے تھے —— پھر ثریا نے خاموشی توڑی —— اسی لئے میں نے جاؤ کے بارے میں پوچھا تھا۔ آپ جو اتنے حساس، اتنے حاسد تھے کہ ہر رات مجھ سے پوچھتے تھے کہ "تم میری رہو گی نا؟" وہ شوہر یہ کیسے

برداشت کر سکتا ہے کہ اس کی بیوی نے کسی اور کا پہلو گرمایا ہو اور سمندر پر آنے کے لئے میں نے آپ کو یوں اُکسایا تھا کہ ممکن ہے کہ آپ کو دو بچوں کی ماں پر رحم آجائے اور آپ ہاتھ نہ چلا سکیں تو میں سمندر میں کُود کر اپنی زندگی ختم کر لوں۔ ۔ ۔

محمود موہنہ پھیرے بیٹھا سب کچھ سن رہا تھا ــــــ ثریا خاموش ہوئی تو بڑی دیر بعد وہ اِتنا بولا ــــــ "کیا تم اُسی طرح مُسکراتی ہوئی بالکنی میں روز روز نہیں کھڑی رہ سکتیں میری جان ــــــ!"

باندی

ریشم اتی حسین تھی کہ بس رے بس!!

چاند نگر میں میلہ بھرا تو اوروں نے جانے کیا کیا خریدا۔ مگر نواز، نگر سونا کر چاندہی لے آیا —— ایسی زوردار باندی کے پانچ سو روپے قطعاً زیادہ نہ تھے —— بلکہ بہت کم تھے ——

"ارے یار پانچ سو تو اس کی ایک رات کا مول ہے۔ یہ تو زندگی بھر کی بات ہے —— جب تک چاہے نبھاؤ —— جب تک جی چاہے استعمال کرو —— اور جی بھر جائے تو ایک لات رسید کردو ——" نواز اپنے دوستوں میں فخر سے کہہ رہا تھا ——

جب نواز کے دو چار دوستوں نے اسے یہ بات سنائی کہ لونڈیوں، باندیوں والا دور آج بھی باقی ہے تو اسے بالکل یقین نہ آیا —— یقین آنے جیسی بات تھی بھی نہیں —— وہ دور تو مدت ہوئی بیت گیا۔ ہوا یوں کہ محض دل لگی دل لگی میں

جب نواز اور اس کے دوستوں کی ٹولی چاند نگر کے میلے پہنچی تو نواز نے رنگ ہی جُدا پایا —— یہ بات نہیں تھی کہ چوڑیوں، کپڑوں، برتنوں اور کھلونوں کی طرح چھوکریوں کو بھی دوکانوں میں سجا کر رکھ دیا گیا ہو —— بلکہ بات یوں تھی کہ یہ اشیاء بیچنے والیاں بڑی طرحدار لڑکیاں تھیں جن کے ماں باپ نے جان بوجھ کر انہیں دوکاندار کے روپ میں سجا رکھا تھا کہ گاہک مال سے زیادہ دوکاندار کی ٹوہ لے —— دیکھے پرکھے اور دام کے ساتھ دِل بھی دے بیٹھے

نواز ایک دوکان پر یوں ہی رُک گیا ——

"اے بی بی —— ذرا انگوٹھیاں تو دِکھانا ——" اور ریشم نے اپنی چکنی چکنی ہتھیلی پر سُرخ رنگ کی ایک انگوٹھی رکھ کر نواز کے سامنے کیا بڑھائی کہ نواز تو چکرا گیا۔

ریشم کا باپ پیچھے کھڑا صورتِ حال کا جائزہ لے رہا تھا شکار پھنس چکا تھا پھر وہ آگے بڑھا اور بڑے کامیاب لہجے میں بولا:

"حضور کو مال پسند آیا۔؟"

نواز نے گڑبڑا کر دیکھا —— پھر ریشم سے پوچھنے لگا —— "قیمت —— ؟"

باپ بولا: "ارے حضور اس نگ کی قیمت کیا پوچھتے ہیں آپ —— بس آپ کو پسند آ گئی یہی کیا کم ہے۔" نواز نے دیدے پھاڑ کر اسے دیکھا تو وہ ہنس کر بولا —— "بڑی لاجواب انگوٹھی ہے سرکار ——"

نواز بڑا تنومند تھا، مگر اسے چکر پہ چکر آنے لگے —— بڈھا پھر بول اُٹھا:

"یہاں بھوسہ پڑ رہا ہو تو حضور میری جھونپڑی پر ہی تشریف لے آئیں۔" اور قبل اس کے کہ نواز جواب دیتا، اُس نے اس کے کوٹ کی جیب میں پتے والی پرچی

ٹھونس دی۔

شام کے جھٹ پٹے میں جب نواز سہمے سہمے اس پتے پر پہنچا تو محلے بھر میں گہما گہمی مچ رہی تھی ——— اس کے پہنچتے ہی ادھر ادھر سے عورتیں، بچے سر نکال نکال کر دیکھنے لگے ———

"ارے وہ آگیا———"

"ارے ریشم کا سگا آگیا———"

"اری او بہنا، ریشو چلی ——— دیکھو تو کیسا بانکا آیا ہے ———"

نواز کو سمجھتے دیر نہ لگی کہ اس کی آمد کے چرچے یہاں سے وہاں تک پھیل گئے ہیں اور یہ کہ ریشم تقریباً اس کی ہو چکی ہے ——— بوڑھا شوریدہ ابا سن کر باہر نکلا، اور دیکھتے ہی دانت اچکانے لگا ——— "حضور آگئے ——— مجھے معلوم تھا کہ لوہا کھینچ کر رہے گا ——— آیئے تشریف لائیے ———"

نواز گھر میں داخل ہوا۔ جگ مگ کرتا لیمپ جل رہا تھا۔ جس کی روشنی میں ریشم پری کی طرح چم چمارہی تھی ——— نواز کو سمجھتے دیر نہ لگی کہ یہ لیمپ صرف آج کی رات کے لئے حاصل کیا گیا ہے کہ اس کے اجالے میں حسن دمکے اور مول بڑھے ——— ایک کونے میں دو لڑکیاں اور بھی بیٹھی ہوئی تھیں، بظاہر انجان مگر چہرے تمتمائے ہوئے ——— نواز نے سراسیمہ ہو کر چاروں طرف دیکھا——— مذہب وذہب کا وہ ایسا قائل نہ تھا، مگر پھر بھی اسے حیرت ہوئی کہ یہ کون سی نگری ہے۔ کون سا دیش ہے، کون سا ماحول، جہاں مذہب کے نام پر نہ بیاہ ہوتا ہے نہ شادی رچتی ہے ——— بس مٹھی بھر روپوں کے عوض عمر بھر کے لئے ایک جوانی کسی کے ہاتھ سونپ دی جاتی ہے۔ غریبی بے شک بری چیز ہے، ——— مگر——— مگر———!!

اس نے اپنا سر جھٹک کر ان فاسد خیالات کو نکال پھینکنا چاہا۔ "اونہہ میں کون بھلا مذہبی رہنما ہوں جو ان مذہبی باتوں پر دھیان دوں —— بھوکے کو یہ نہیں سوچنا چاہئے کہ یہ روٹی جو سامنے رکھی ہے کہاں سے آئی —— کیوں آئی بُنیادی سوال یہ ہے کہ بس سامنے ہے اور چونکہ سامنے ہے اس لئے کھا لو —— کھاؤ بیٹا —— " اس نے خود کو آمادہ کیا ——

بُڈھا ایک پکے بیوپاری کی طرح چالو ہوگیا۔

"حضور —— نام ریشم اور سچ سچ بھی ریشم ہے —— میں موںہہ سے کچھ نہ بولوں گا —— آپ ہی سوچ سمجھ کر دام لگائیں ——"

نواز اس ماحول سے ذرا گھبرا سا گیا تھا —— اس نے حیل و حجت کی بجائے مناسب یہ جانا کہ جیب سے چند کرارے نوٹ نکالے اور بُڈھے کے حوالے کرے —— اور اُس نے کیا بھی یہی —— بڈھے نے لیمپ کی روشنی میں نوٹ گنے اور اس کے موںہہ سے ایک بجکانہ سی حیرت اور خوشی بھری چیخ نکلی اور وہ چلایا:

"اری او نوری —— ریشم کا مول مِل گیا —— لے اسے سرکار کے ساتھ کر دے ——" اندر سے ایک کالی بھجنگ عورت، جو قطعاً ریشم کی ماں نہیں سجتی تھی، برآمد ہوئی —— دَھڑا دَھڑ ٹرنک کھول کر اس نے لال اوڑھنی نکالی —— تو آکھینچ کر اس پر انگلی پھیری، ریشم کی آنکھوں میں لپا چھپ کاجل کے ڈورے بھر کر، سر پر لال آنچل ڈال کر، اسے قدرے دھکیل کر نواز کے سامنے کرتی ہوئی بولی:

"لو اپنی باندی کو سنبھالو ——"

ریشم نے کسمسا کر کالی عورت کو دیکھا، پر موںہہ سے کچھ نہ بولی —— نواز جب اسے لے کر باہر نکلنے لگا تو دو لڑکیوں میں سے جو بڑی تھی وہ اُٹھی اور اندر سے

دوڑ کر ایک پوٹلی اٹھالائی ——— بڑے دکھ لہجے میں بولی ———

"آپا راستے میں بھوک لگے گی تو یہ روٹی اور بیسن کھالینا ———"

آپا چھم چھم رونے لگی ———

نواز تو آگے ہی اس سارے بکھیڑے سے باؤلا سا ہوتا جارہا تھا ——— ریشم کا رونا دیکھ کر تو سٹ پٹا ہی گیا ——— دھیرے سے اس کا ہاتھ تھام کر بولا :

" اچھا اب روؤ دھوؤ نہیں ——— ہمیں دیر ہو جائے گی ——— شہر جانا ہے، گاڑی پکڑنی ہے ———"

ریشم نے ایک تنا کے کے ساتھ اپنا ہاتھ چھڑا لیا اور نواز اس ادا کو ادائے دلبری جان کر جھوم گیا۔

وہ رات تو دوستوں کے ساتھ نواز نے گاؤں ہی میں گزار دی اور رات بھر ریشم کی تعریف کے سوا اس کے پاس اور کوئی موضوع ہی نہ تھا ——— وہ بازو کے کمرے میں بیٹھی ریشم کے متعلق مسلسل کہے گیا۔

"ارے یار ——— پانچ سو ——— پانچ سو تو کیا پانچ ہزار بھی کم ہیں ——— ہاں ———"

نواز ان مرکھکوں میں سے نہ تھا جو کھانا دیکھتے ہی بنا ہاتھ مونہہ دھوئے بس پل پڑتے ہیں۔ وہ بڑے سلیقے سے، سکون سے مونہہ ہاتھ دھو کر، دسترخوان بچھوا کر مزے لے لے کر کھانے کا عادی تھا ——— صرف ایک دن ہی کی تو بات تھی ——— اپنا گھر کون بڑا دور تھا جو وہ ایسی ندیدی حرکت کا مظاہرہ کرتا ——— اطمینان سے سوچ سوچ کر مسرور ہوتا رہا۔ ایک بار وہ اپنے دوست سلیم کی شادی میں بروقت نہ پہنچ سکا تھا ——— شادی کا دن ٹل کر دوسرے دن کے ہنگامے میں پہنچا تھا، جب کہ چوتھی کے دھوم دھڑاکے تھے ——— سلیم نے اپنی دلہن کا

اس سے پردہ نہ کرایا تھا ــــ ہرے ریشم کے سرسراتے لباس میں جب اس نے بیگم سلیم کو دیکھا تو بس دیکھتا ہی رہا ــــ پھر اس کے دل میں، ذہن میں ایک ہی تمنا رہ گئی کہ کوئی پھول سا بدن ہو ــــ ہرا ہرا سرسراتا لباس ہو ــــ اپنا قبضہ ہو، مگر بیوی نہ ہو ــــ کرائے کی عورت ہو ــــ

وہ عورتوں کے بارے میں بری طرح اس نظرئیے کا قائل تھا کہ پیر کی جوتی جب چاہے بدل لو ــــ یہ تصور ہی اس کے لئے اذیت ناک تھا کہ مسلسل ایک ہی بیوی سے برسوں نباہ کئے جاؤ ــــ انسان ایک دن قورمہ کھاتا ہے تو دوسرے دن بھاجی پر جی چاہتا ہے۔ تیسرے دن بریانی پر ــــ چوتھے دن مرغی۔ پانچویں دن . . . . یہ کیا حماقت ہے۔ روز دال ــــ روز دال ــــ وہ نئی نئی ہانڈیاں کھانے کا عادی تھا ــــ اور کھاتا بھی تھا ــــ شہر کی عمدہ لوکلٹی میں بسی ایک کالونی میں وہ چھڑا چھانٹ مزے کرتا تھا ــــ ماں، باپ کو بس تھاپ پہ تھاپ دئے جا رہا تھا کہ "کروں گا شادی ضرور کروں گا ــــ" اور آئے دن شادی مچتی، مگر دلہن ہر روز نئی ہوتی ــــ ماں باپ کو کیا پتہ تھا کہ شہر میں کیسا کھیل کھیلے جاتے ہیں ــــ پاس پڑوس والوں سے فخریہ کہتے پھرتے ــــ لڑکا انگریزی نوکری میں ہے۔ ابھی شادی نہیں کرنا چاہتا۔

اب تو نواز کے نصیب زوروں پر تھے۔ پیسے روپلے کی اسے کبھی کمی نہ پڑی۔ ــــ معقول تنخواہ تھی۔ خود ماں باپ گھر کے رئیس ــــ پیسہ کیا ہوتا ہے ــــ کہاں سے آتا ہے۔ یہ جاننے کی کبھی کوشش کی نہ اس کی ضرورت ہی پڑی ــــ اب پانچ سو میں تو کئی دنوں کے ٹھاٹ تھے ــــ اور ریشم نظر بھی ایسی آتی تھی کہ ستار کے تنے تاروں کی طرح دنوں تن تن بجے جائے گی ــــ

دوسرے دن نواز ریشم کو لے کر اپنی کالونی میں پہنچ گیا ــــ ریشم کو گھر بٹھا کر

وہ سیدھا صدر مارکیٹ گیا اور بڑھیا قسم کا ہرا بناری لباس خرید لایا ــــ آتے آتے لیڈیز ایمپوریم سے سنگھار کا یکسا بکس بھی لے آیا ــــ ہر چند کہ ریشم خود سراپا سنگھار تھی ، مگر بھئی مردوں کے شوق !!

کل سے اب تک ریشم نے نواز سے ایک بات تک نہ کی تھی ــــ راستے میں اُس نے کھانے پینے کی چیزیں دلانی بھی چاہیں مگر وہ مونہہ پھیر کر بیٹھ گئی اور جب بھوک لگی تو اپنے ساتھ کی بیسن روٹی کھانے بیٹھ گئی ــــ مگر نواز کو یہ سب کچھ بہت اچھا لگا ۔ کرائے کی عورتیں وہ اب تک استعمال کرتا رہا تھا ۔ جو بغیر نخروں ٹخروں کے من مانی کرنے دیتیں ۔ ریشم کے تو سارے انداز ہی بیاہیوں کے سے تھے ۔

ــــ وہ بغیر دولہا بنے ہی شادی کے مزے لوٹ رہا تھا ــــ مارکیٹ سے سامان لا کر اس نے ریشم کے سامنے ڈھیر کر دیا اور بڑی لگاوٹ سے بولا :

" جانِ من ــــ اب ذرا نہا دھو کر چوکھٹی کی دُلہن تو بن جاؤ ــــ "!

ریشم مونہہ سے کچھ نہ بولی ــــ بس کپڑے سمیٹ کر غسل خانے میں چلی گئی ۔

اور جب واپس آئی تو ، اتنی حسین تھی کہ بس رہے بس !

اب نواز کا سارا صبر لُٹ گیا ــــ وہ لپکا کہ اس کا ہاتھ تھام لے ۔ مگر وہ اس کے ہاتھ سے یوں پھسل گئی مانو عورت نہ تھی ، مچھلی تھی ــــ نواز نے کچھ جھلا کر کچھ کھسیا کر ، مگر بظاہر ہنس کر کہا ــــ جانِ من ریشم کی طرح مت پھسلو ، کانٹوں کی طرح مجھ سے اُلجھ جاؤ ــــ "

مگر نواز پہ چودہ طبق روشن ہو گئے ۔ جب وہ گاؤں کی زر خرید باندی بڑے تیکھے لہجے میں اُس سے بولی ــــ

" پہلے مجھ سے نکاح کرو ــــ تب ہاتھ لگانا ــــ "

نواز کتنی ہی دیر تک تو دیدے پھٹ پھٹا کر اُسے دیکھا کیا ــــ پھر سنبھل کر

دیہاتی لہجے میں بولا :

"کیا ــــــ؟"

"میں کہتی ہوں پہلے نکاح کرو نکاح ــــــ میں مسلمان ہوں. عزت کی قیمت جانتی ہوں. میں ایسے تو تمہیں کبھی ہاتھ نہ لگانے دوں گی ــــــ" اس کا لہجہ اتنا مضبوط اور مکمل تھا کہ دل میں تو نواز ڈر سا گیا، مگر اُسے ڈرانے کے لئے قہقہہ مار کر بولا ــــــ

"واہ ری میری چوکھٹی کی دلہن ــــــ سچ مچ ہی دلہن بننے کے خواب دیکھ رہی ہے ــــــ" اور اُس نے بہت درشتی سے ریشم کو اپنی طرف کھینچ لیا ــــــ مگر نواز جو کہ اتنا تنومند تھا کہ ناشتے میں اصلی گھی میں ڈوبے پراٹھے. انڈے. بادام کے حلوے. سیروں گوشت کی یخنی. اوپر سے دودھ پیا کرتا تھا. اور اپنے قریبی دوستوں میں رستم کے نام سے مشہور تھا ــــــ اس کے بار بار پھسل پڑنے پر تھک کر چور ہو گیا. اور جب آخری بار اس نے زور لگانا شروع کیا تو ریشم نے ایسی بھرپور لات اس کے پیٹ میں جمائی کہ اگر وہ ذرا سنبھل نہ جاتا تو شاید کے لئے عورت ذات کے لئے بے ضرر ہو گیا تھا ــــــ اس نے گھور کر ریشم کو دیکھا. وہ بڑی بے باکی سے کمر پہ ہاتھ رکھ کر کہہ رہی تھی :

"میں کبھی سے زنا بالجبر کی قائل نہیں ــــــ مجھے میاں چاہیے ــــــ وہ عورتیں آپ حرام زادیاں ہوتی ہیں جو مردوں کے آگے پسر جاتی ہیں ــــــ میں کوئی ایسی لڑکی پڑی نہیں جو اپنے آپ کو بیچ دوں ــــــ"

نواز جھلا گیا ــــــ "ہونہہ باندی کی ذات ــــــ پانچ ٹکوں کی چھوکری ــــــ باتیں دیکھو تو اتنی بڑی بڑی ــــــ تیرے ماں باپ کے آگے. خود تیرے سامنے جب ٹکے پھینکے تب کیا تیری آنکھیں پھٹ گئیں، جواب دے رہی ہے کہ میں

لڑی پڑی نہیں ——"

ریشم کے لہجے میں پہلی بار دُکھ بھری نرمی اُمڈی "تم سمجھتے ہو وہ میرے ماں باپ ہوتے تو وہ مجھے بیچتے —— ؟ حرام زادوں نے دھندہ چلا رکھا ہے لڑکیاں اُڑا کر لاتے ہیں، اور بیچ کر دام کھرے کرتے ہیں۔ مگر میں بکنے والیوں میں سے نہیں —— میرے اپنے ماں باپ نے مجھے نماز سکھائی تھی —— خدا کو میرے دل میں بٹھایا تھا —— مذہب کی باتیں بتائی تھیں —— شریف زادیاں کہیں اپنی عصمت گنواتی ہیں —— !"

نواز اُلجھ کر بولا —— "یہ پاکدامنی صرف اس وقت تک کی ہے۔ جب تک پیٹ میں بیسن اور روٹی باقی ہے —— بھوک سے مار ڈالوں تو اپنے باپ کی اولاد نہیں —— کب تک بھوکی مرے گی —— ؟"

ریشم پہلی بار ہنسی —— "عصمت لٹانا بھی گناہ ٹھہرا، اور خودکشی بھی۔ تو پھر میں خودکشی ہی کیوں نہ کر لوں گی —— ؟" وہ چند قدم چل کر گیلری تک گئی اور بولی —— "اتنی اونچائی تو گر کر مرنے کے لئے بہت کافی ہے۔"

وہ بڑے مضبوط ارادے کے ساتھ ہنس دی —— نواز دیکھتا رہ گیا —— اس قدر پیاری کھنکھناتی ہنسی —— جسم سونا تھا تو ہنسی چاندی تھی —— ہونٹ یاقوت تھے تو دانت ہیرے —— ایسے لعل و گہر ہیرے جواہر اور سونے چاندی کا ڈھیر سامنے تھا اور وہ اپنی ہٹ پر اڑا ہوا تھا —— کافی نامعقولیت تھی اچھا چلو میں شادی کر بھی لوں تو میرا کیا بگڑے گا —— جب جی بھر جائے گا طلاق دے دوں گا —— وجہ یہ بیان کر دوں گا کہ آبرو باختہ تھی —— نواز نے پھر سے آنکنا شروع کر دیا ——

اور ریشم کہہ رہی تھی —— "میں کچھ تمہارے روپے پیسے کی بھوکی نہیں

ہوں۔ تم شوق سے میرا مہر ایک روپیہ نہ باندھو، مگر شادی تو ہوگی ہی ـــــ تم کیا چاہتے ہو میں حرامی بچوں کی ماں کہلاؤں ـــــ؟"

نواز قہقہہ مار کر ہنسا ـــــ "بچے ـــــ اجی آپ ہیں کس خوش فہمی میں محترمہ ـــــ بچے کچوں کا سلسلہ ہی سرے سے غلط ہے۔ میں اس قسم کے معاملے اختیار کرنے سے پہلے ہمیشہ برتھ کنٹرولنگ کا خیال رکھتا ہوں ـــــ برتھ کنٹرول سمجھتی ہیں نا آپ ـــــ یعنی یہ کہ بچوں کی پیدائش پر پابندی ـــــ"

"لیکن یہ تو ان عورتوں کی بات ہے جو کرائے کی ہوتی ہوں گی ـــــ میں تو تمہاری بیوی بن کر رہوں گی ـــــ عورت بن کر ـــــ زمین بن کر ـــــ اور زمین اس وقت تک خوب صورت اور مکمل نہیں ہوتی جب تک کہ اس پہ فصل نہ لہلہائے ـــــ"

"اچھا آپ شاعری بھی فرما لیتی ہیں ـــــ" نواز جل کر بولا ـــــ "کوئی دیوان بھی چھپا ہے آپ کا ـــــ؟"

ریشم کچھ نہ بولی ـــــ نواز بھی کچھ نہ بولا ـــــ بڑی دیر تک وہ ریشم کو گھورتا رہا ـــــ گھنیرے بال ـــــ کاجل سے بھرپور آنکھیں، شیشے کی طرح چمکتا بدن۔ تیکھے تیکھے نقوش ـــــ بگڑے بگڑے تیور ـــــ کیا تھا جو اس میں نہیں تھا ـــــ؟ لوگ یہ بات کیوں کر کہہ سکتے ہیں کہ خدا نے کوئی حسن مکمل نہیں پیدا کیا ـــــ ہر کسی میں کوئی نہ کوئی خامی رکھ دی ہے ـــــ ہاں ہے تو سہی ـــــ مزاج اُف۔ تیزی تندی کس بلا کی ہے کہ پٹھے پر ہاتھ تک نہیں دھرنے دیتی ـــــ شاید یہ بھی خوبی ہی ہے ورنہ میں کیسے اس بات پر راضی ہو جاتا کہ چلو یوں نہیں تو یوں سہی ـــــ ناشتہ نہیں تو بیاہتا سہی ـــــ؟

خودکشی کی بات نے نواز کو ناقص ڈرا دیا ـــــ وہ ریشم اتنے بگڑے تیور لی

کی مالک تھی کہ ذرہ بھی یہ احساس نہ ہوتا تھا کہ بات بر بات جتا رہی ہے ــــ جو وہ کہتی تھی حقیقت سے پُر ــــ خیر یہ تجربہ بھی بُرا نہیں ــــ مگر یاد رکھنا ایسا بدلہ لوں گا ــــ عصمت اور عزت کا وہ چسکہ دماغ سے نکالوں گا کہ بس یاد کرتی رہ جانا ــــ ہاں ــــ

دوسرے دن نواز اپنے چار پانچ دوستوں کے ساتھ ایک قاضی اور مولوی کو بھی سمیٹتا آیا، اور اسی ہرے ہرے زرتار مہین جوڑے میں لپٹی ہوئی ریشم کا ایک سو پچیس روپے مہر کے عوض نواز خاں سے عقد ہو گیا ــــ

سہاگ رات کو ریشم کے تیور ہی بدل گئے ــــ وہ تیزی اور تندی ایک شرمیلی، لجائی خود سپردگی میں بدل گئی۔ جب کہ دل چاہتا ہے کسی میں سما جا ــــ اور جسم سمٹے سمٹا جاتا ہے ــــ ریشم سمٹتے سمٹتے آخر پلنگ کی پٹی کے پاس پہنچ گئی ــــ یوں کہ اب جیسے اس کو کائنات کے کسی گوشے میں جائے پناہ نہیں مل سکتی تھی ــــ اور جانا تھا اتنا گھر وسیع تھا کہ وہ چاہتی تو ابھی نواز کو گھنٹوں چکر پھیریاں دے سکتی تھی ــــ مگر وہ کیوں دیتی ــــ وہ اپنی تن آگ میں تپ کر حوا بن چکی تھی جو آدم کی پسلی بن جانا چاہتی ہے ــــ اور نواز جو تھا تو آدم ہی ــــ مگر کبھی عورت اسے بیوی اور خود کو خاوند ملنے کے حق میں نہ تھا محض ایک بھولے مرد کی طرح ریشم کو چھوڑنے لگا ــــ محض انتقاماً !!

چند دن تو نواز کے لئے یوں گزرے کہ دنیا دنیا نہ تھی ــــ صرف جسم بن کر رہ گئی تھی ــــ جسم جو کہ ہر خوبی سے آراستہ تھا۔ جسم جو بیک وقت چاندی بھی تھا ــــ سونا بھی تھا ــــ ریشم بھی تھا ــــ گوشت بھی تھا ــــ پھول بھی تھا۔ مچھلی بھی تھا ــــ مگر آخر کار عورت کا تھا کہ جس سے دل بھر ہی جاتا ہے اور نواز کا دل ــــ ؟ جو سدا نئے سے نئے کی تلاش میں رہتا تھا ــــ ایک بار تو وہ

خود ہی اس والہانہ پن سے خائف ہوگیا کہ کہیں ریشم سے زندگی بھر نباہ کرنی نہ پڑے ـــــ مگر وہ جو ذہنی اور جسمانی طور پر پورا مرد تھا۔ اور وہ بھی انتہائی کمین ! جو بدلہ لینے سے کبھی نہیں چوکتا، وہی انداز ہر محبت اور ہر جذبے پر غالب رہا۔ اور نواز کبھی یہ بھول نہ سکا کہ ریشم آخر کار باندی ہے ـــــ

خود ریشم کا یہ حال تھا کہ اس نے خود کو ہر ہر لحاظ سے ایک مکمل بیوی کے روپ میں ڈھال لیا ـــــ کالونی میں جتنی بھی بیبیاں تھیں وہ کسی سے کم نہ رہی ـــــ گھر کی سجاوٹ ہو یا پکوان، کسی کی خاطر داری ہو، یا خود اپنا سنگھار پہروا اوڑھاوا ـــــ وہ کسی سے ہیٹی نہ رہی ـــــ کوئی نہ کہہ سکتا تھا کہ یہ گاؤں کی ہے ـــــ نواز کے دوست آتے بھی تو وہ اس طرح رہتی کہ نہ تو نواز کی سبکی ہو کہ گنوارن ہے۔ نہ اس کی اپنی حیا میں کمی اور انداز میں بازاریت آنے ـــــ مگر نواز سانپ کی طرح پھن پھنا رہا تھا ـــــ سہاگ رات سے لے کر آج کے دن تک کئی ماہ گزر جانے پر بھی وہ اپنی ہتک کو نہ بھولا تھا کہ کس طرح اس ناگن نے اسے بے بس کر کے آخر کار عقد پر مجبور کیا تھا اور وہ ہار بھی گیا تھا ـــــ مگر وہ جیت کر بتائے گا ـــــ اس کی نام نہاد عزت اور عصمت کا پول کھول دے گا ـــــ حجام کے آئینے کی طرح، ہر مرد اس آئینے میں خود کا چہرہ دیکھے گا تب میری جیت ہوگی ـــــ

نواز کی رنگیلی اور ندیدی طبیعت تو اب کچھ نہ چاہتی تھی ـــــ اسی لئے وہ بات بات پر اب مین میخ نکالنے لگا ـــــ کبھی کہتا سالن میں نمک زیادہ ہے۔ کبھی کہتا قمیض پر استری ٹھیک نہیں ہے ـــــ کبھی کہتا ڈرائنگ روم گندہ ہے، کبھی کہتا کہ تم خود مہترانی بنی رہتی ہو ـــــ حالانکہ وہ خود اور ریشم جانتے تھے کہ کس بات میں کتنی سچائی ہے۔

گھر میں آئے دن دوستوں کے جمگھٹ وارد ہونے لگے۔ اور رات گئے تک

رمی، فلیش اور الا بلا جلیبی ——— نواز جان جان کر ریشم کو ڈرائنگ روم میں بلاتا اور وہ نگاہوں سے زخمی ہوتی رہتی ——— ایک دن وہ اکیلے میں بولی :

"دیکھئے جی، آپ مجھے غیر مردوں کے سامنے یوں بلایا نہ کریں، مجھے بہت عجیب سا لگتا ہے۔"

نواز طنز سے بولا : "یہ نہ بھولو، تم میری بیوی ہو اور بیوی کے لئے خدا کے بعد جو کچھ ہے شوہر ہے اور اس کا حکم ہے۔" بات سچ تھی، ریشم کچھ نہ کہہ سکی ———

ایک دن رشید نے جو نواز کا بے حد قریبی اور بے تکلف دوست تھا۔ نواز کے سامنے ہی ریشم کا ہاتھ پکڑ لیا اور بولا :

"واہ بھابی۔ ایسے ملائم ہاتھ اور اب تک پان نہیں کھلائے ہیں ——— جب پیپل کے سے ان چکنے پتوں والے ہاتھوں سے بنا پان مونہہ میں گھلے گا تو کس قدر مزے نہ آئیں گے ———!"

ریشم سر سے پاؤں تک تپ گئی۔ مگر نواز بے حیائی سے ہنستا رہا ——— اس کے بعد تو یہ ہونے لگا کہ دوستوں میں جس کے جو مونہہ میں آتا بک دیتا اور نواز مونہہ بھی نہ ہلاتا ——— ادھر چند دنوں سے نواز کا ایک نیا دوست آنے لگا تھا، جسے وہ اپنا "باس" بتاتا تھا۔ اس کے آگے پیچھے ہوتا۔ آنکھیں بچھاتا اور بس ہر بات میں ریشم کو حکم کہ ہمارے سامنے رہا کرو، ورنہ صاحب بور ہو جائیں گے

ریشم اس صاحب کی مصاحب گیری سے سخت عاجز آ چکی تھی۔ مگر نواز کے ہاتھ میں شوہر کا وہ حق تھا کہ وہ کفر ہی نہ کر سکتی تھی کہ اُسے جھٹلاتے ——— ایک دن ڈرائنگ روم میں جب وہ چائے لے کر داخل ہوئی تو نواز جان بوجھ کر کمرے سے باہر نکل گیا ——— صاحب نے اس کا ہاتھ تھام لیا اور گویا ہوئے :

"واقعی ریشم ——— نواز بڑا خوش نصیب ہے کہ تم سی بیوی کا شوہر ہے"۔
ریشم نے ایک زوردار تناکے سے اپنا ہاتھ چھڑایا اور کمرے میں آ کر پھوٹ پھوٹ کر رونے لگی ——— باس تو چلا گیا مگر اس کے گئے بعد سالن میں نمک کم ہونے کا بہانہ کر کے پہلے تو نواز نے چینی کے سارے برتن توڑ ڈالے اور ریشم کے اتنا کہنے پر کہ ——— "میں نے تو روز کی طرح ہی پکایا ہے ———" اُسے دھنادھن کوٹ ڈالا ——— اور اس دن جو ہاتھ اُٹھا تو پھر اُٹھ ہی گیا — جہاں کوئی بات مرضی کے خلاف ہوئی اور نواز نے اُسے دُھنکا ——— کالونی میں نواز کا گھر تماشہ بن گیا ——— جہاں ان کے گھر سے دھواں دھپّے، رونے دھونے کی آواز آئی اور ساری کالونی اپنی اپنی گیلریوں میں سے لٹک لٹک کر گردنیں نکال نکال کر دیکھنے لگی کہ اب دیکھئے کیا ہوتا ہے ———

نواز گھر خرچ اپنے ہی ہاتھ میں رکھتا تھا ——— مگر ایک دن وہ یہ دیکھ کر حیران رہ گیا کہ جب اُس نے اپنی نکٹائی ڈھونڈنے ریشم کا بکس کھولا تو اُس میں کئی نوٹ پڑے ہوئے تھے اور اس کے ساتھ اسے یہ بھی خیال آیا کہ ریشم اکثر کچھ نہ کچھ گنگنائی کرتی دِکھائی دیتی ہے ——— تو یہ پیسے لاتی کہاں سے اور خریدتی کہاں سے ——— !! ہونہہ بڑی پارسا ! اس نے تن تنا کر ریشم سے پوچھا :

"یہ اتنے سارے نوٹ کہاں سے بٹور لائی ؟"

ریشم نرمی سے بولی : ——— "اپنی محنت سے کمائے ہیں ——— ایک سوئٹر بنتی ہوں تو پانچ روپے مِل جاتے ہیں ———

نواز تپ کر بولا : "سوئٹر بنتی ہے یا جسم بیچتی ہے ——— ؟"

ریشم سے یہ بے ہودگی برداشت نہ ہو سکی۔ اس نے ہاتھوں کی پکڑی ہوئی سلائیاں اون میں سے الگ کھینچیں اور تڑپ کر کے اتنی زور سے نواز کو دے ماریں

کہ اس کے ہاتھوں پر اول اُمڈ آئے۔ وہ چیخی ——

"یہ سوٹ کیس کیا تیرے باپ نے دلایا ہے؟ یہ ساڑھیاں جو میں پہن رہی ہوں تیرے دادا نے دلائی تھیں ——؟ اور جو کھا رہی ہوں کیا تیری ماں کے خصم کا دیا کھا رہی ہوں ——؟ کمینے، ذلیل، یہ سب میری محنت ہے —— نام کا شوہر ہے۔ میں بھی مذہب ناطے عزت کرتی رہی، مگر یہ تو بتا کہ تو نے آج تک میرے لئے کیا کیا ہے ——؟ سوائے اس کے کہ مجھے سب کے سامنے ذلیل کرے۔ میری عزت کے پیچھے پڑا رہے —— میں تجھے سمجھتی کیا ہوں ——؟"

نواز کے لئے یہ وار بالکل غیر متوقع تھا۔ اور بھی زیادہ متوحش وہ اس وقت ہو گیا، جب ساتھ لگے فلیٹ سے دو تین عورتوں نے سر نکال کر جھانکنا شروع کر دیا، کیوں کہ ریشم اتنے زور سے چیخی تھی کہ سارا آس پاس گونج اُٹھا۔ اور عورتوں کے لئے یہ بات بڑے اچنبھے کی تھی کہ سدا خاموش رہنے والی گیتا آج ٹکرائی تو کیسے ——؟ ریشم کے تیور اتنے خطرناک ہو چلے تھے کہ اب نواز کے لئے خطرہ ہی خطرہ تھا —— اگر وہ اسے مارتا تو یقیناً وہ بھی جوابی کارروائی شروع کر دیتی اور کالونی والوں کے سامنے یہ بات مر جانے سے بدتر تھی کہ نواز بیوی کے ہاتھوں پٹ رہا ہے —— اس نے اپنی جھنجھلاہٹ یوں اتاری کہ جو سامان سامنے آتا گیا، اُسے پھینکتا اور ٹھوکریں مارتا گیا۔ کیوں کہ یہ ساری چیزیں ریشم سے متعلق تھیں —— اس کے کپڑے، اس کے جوتے، اس کے بکسے —— اس کا سنگھار کا سامان ——اور آخر میں اس نے چیخ چیخ کر تین بار اعلان کر دیا ——

"میں تجھے طلاق دیتا ہوں —— طلاق —— طلاق ——"

اور اسی پر بس نہ کرتے ہوئے وہ ریشم کو دروازے تک کھینچتا ہوا لایا اور

باہر لوٹ دیا۔

شام کو کالونی کے ہر گھر میں یہی ذکر تھا کہ نواز نے اپنی عورت کو نکال باہر کیا ـــــ اس کے قریبی دوست اور ان کی عورتیں تعزیت کے انداز میں اس کے گھر میں جمع ہونے لگیں ـــــ نواز جھلایا ہوا ہر ایک کی باتیں سُن رہا تھا

"بھیا تم نے طلاق دے کر اچھا نہیں کیا ـــــ غریب عورت اب کہاں جائے گی ـــــ؟"

"ہے ہے نکالا بھی تو انگ کے جوڑے سے ـــــ اب بے آسرا بے چاری کیا کرے گی ـــــ؟"

"دیکھ لینا ہر پھر کے یہیں آئے گی ـــــ گھر چھوڑ کر کہاں جائے گی۔؟"

"مگر نواز میاں نے تو طلاق دے دی ہے۔ اب تو "سنگت" حرام ہوئی ـــــ"

"اونہہ چلو جی ـــــ غصّے میں میاں طلاق دے تو اللہ کے پاس قابلِ معافی ہے ـــــ"

"ارے لو۔ اور سُنو ـــــ طلاق نہ ہوئی موئی زر خرید باندی ہو گئی۔ کہ جب جی چاہا رکھا، جب جی چاہا نکال دیا ـــــ"

اب نواز جل کر بولا: "اور کیا باندی تو وہ تھی ہی ـــــ پانچ سو کی خریدی ہوئی۔ گئی نہ اپنی اصلیت پر ـــــ اب چونکہ وہ اس سے قطعی بے دخل ہو چکا تھا۔ اور چونکہ اس کے پیٹ میں اس کی اپنی کوئی اولاد بھی نہ تھی۔ اس لئے بہتر یہی تھا کہ اس کی اصلیت کا بھانڈا پھوڑ کر اپنے جی کی تلملاہٹ کم کر لی جائے۔

"کیا کہتے ہو یار ـــــ" انور غیر یقینی انداز میں بولا ـــــ

"اور کیا جھوٹ ——" وہ بری طرح جلا بھنا تھا۔

ایک بڑی بی بولیں —— "تب تو دیکھ لینا وہ ضرور آئے گی —— ڈھور ڈنگر دن بھر چاہے جہاں بھی جدھر بھی گھوم لیں۔ رین بسیرے کو تو اپنے ٹھکان پہ آتے ہیں ——"

نواز تلملا کر بولا —— "حرام زادی اب آئے تو سہی، یہ پیر ہیں، یہ کیل والے جوتے ہیں اور اس کا سر ہے —— بھیجا نہ نکال دوں تو نام نہیں میرا!"

"مگر بے چاری کا قصور —— ؟"

نواز سٹپٹایا —— پھر سنبھلا —— "قصور —— ؟ یہ قصور کم ہے کہ پانچ کوڑی کی باندی میرے مونہہ کو آتی تھی ——"

بیگم انور سلیم کرانے کے انداز میں کم —— جلانے کو زیادہ —— گویا ہوئیں —— "اونہہ اب جیسی بھی تھی، زرخرید تھی۔ تمہاری تھی، اب کیا آئے گی اور اگر آئی تو پاؤں چھونے دینا اسی میں تمہاری بڑائی ہے ——"

نواز اژدھے کی طرح پھنکارا —— "اس کے ناپاک ذلیل سر کو اپنے پیروں پہ پڑنے دوں —— ؟ کمال کرتی ہو بھابی تم بھی ——"

اشتیاق احمد جو عورتوں کی نفسیات میں شدبد رکھتے تھے —— سگریٹ پھونکتے ہوئے سوچ بچار کے بعد بولے —— "اب تو وہ آنے سے رہی —— عورت، چاہے وہ کیسی ہی ہو باندی کہ رانی - اپنی تذلیل نہیں سہہ سکتی ——"

مگر دوسرے دن ایک سرے سے سبھی یہ دیکھ کر حیران رہ گئے کہ کالونی کے سرے پر ایک سفید نقطہ سا نمودار ہوا، جو بڑھتے بڑھتے ریشم بن گیا —— اتوار کا دن تھا —— سبھی بے پروائی سے اپنی گیلریوں میں بیٹھے، کھڑے، اِدھر اُدھر کی تاک جھانک کے مزے لوٹ رہے تھے —— اتفاقاً کسی نے دور تک نگاہ

دوڑائی تو پتہ چلا کہ ریشم آ رہی ہے —— ایک سیکنڈ کے ہزارویں حصے میں پوری کالونی میں یہ خبر گشت کر گئی کہ ریشم آ گئی —— ریشم آ گئی —— عورتیں تک تک کر ریشم کو اس انداز میں دیکھنے لگیں۔ جیسے آج سے پہلے کبھی نہ دیکھا ہو۔ نواز جو آرام کرسی پر پڑا سگریٹ پر سگریٹ پھونکے جا رہا تھا —— پھڑکتا ہوا پر ایک دم اس کے لبوں پر زہر خند مسکراہٹ آ گئی —— جس میں گہرا طنز پوشیدہ تھا۔ ایک ایک کر کے ٹھٹ کے ٹھٹ نواز کے فلیٹ میں جمع ہونے لگے۔ سبھی ایک بات دہرا رہے تھے ——

"دیکھو نواز، خدا کے لئے اس کے جسمِ ناتواں پر رحم کرو۔ دیکھو کس طرح مری مری چلی آ رہی ہے —— اسے معاف کر دینا —— آخر عورت ذات ہے غلطی ہو ہی جاتی ہے ——"

نواز نے اپنے پیر سکیڑے۔ پھیلائے۔ پھر پھیلائے پھر سکیڑے جیسے —— "ہونہہ میں اسے سمجھتا ہی کیا ہوں ——"

جب ریشم دروازے کے قریب پہنچ گئی تو آوازیں، سرگوشیوں میں اور سرگوشیاں بھن بھناہٹ میں بدل گئیں ——

"خدا کے لئے نواز ——.."

"دیکھو میاں . . . . . "

"معاف کرنے میں بڑائی ہے ——.."

"آخر کار آ ہی گئی نا ہر پھر کے —— ؟" نواز نے فخر سے سوچا۔

چر چر کی ہلکی سی آواز نکلی اور دروازہ کھل گیا —— سفید ساڑی میں ملبوس ریشم، بال بکھرے، آنکھیں سوجی —— گال سُرخ —— یوں لٹی لٹی داخل ہوئی —— جیسے اب دو قدم چلنے کا بھی دم نہ ہو —— سب دم سادھے دیکھ رہے تھے۔

نواز نے کرسی پر بیٹھے بیٹھے اپنے پیر اندر سمیٹ لئے کہ کہیں ناپاک سر، ان پاکیزہ سینڈلوں سے نہ چھو جائے۔

ایک دم ریشم نے بازو میں دبا ہوا ایک بنڈل نکالا اور نواز کی طرف پھینک کر بڑی نفرت سے بولی:

"لے یہ کل تیرا دیا جوڑا پہنے پہنے چلی گئی تھی ——— اتنا احسان بھی کیوں رکھوں، ورنہ ایک ایک سے کہتا پھرے گا کہ میرے پیسوں کا جوڑا پہن کر بھاگ گئی۔ تیرا احسان رکھے میری جوتی ———"

اس نے اپنا ننھا منا خوب صورت سا پاؤں اٹھا کر سینڈل نواز کو دکھائی اور دروازہ کھول کر یہ جا وہ جا ———

نواز کرسی میں بیٹھے بیٹھے پاتال میں دھنس گیا ———

زخمِ تمنّا

موسم ہے جوانی کا سنبھالا ہی نہیں جائے۔

موسم ہے جوانی کا . . . . . .

ایسا سراپا جو کبھی بیان کی حدوں میں نہ آسکے، زیورات سے بوجھل بدن، لچکتی شاخِ گُل کی سی جوانی۔ انگ انگ سے چھلکتا نشہ۔ گلابی گلابی گال حجاب کے باعث سُرخ ہورہے تھے کہ جیسے خون ٹپکنے ہی کو ہو۔ متوالی بَل کھاتی زلفوں کے پیچھے ماتھے پر جھومر لٹکتے ہوتے۔ اور آواز —— ؟ بس شعلے سے لپک رہے تھے۔ اور اس پر مستزاد گیت کے بول:

موسم ہے جوانی کا . . . . . .

ناچ ختم ہونے پر نیلم نے جُھک کر سلام کیا تو گریبان کچھ اور نیچا ہوگیا —— چاندی کی لکیر بجلی کی طرح لہرائی، جس نے نواب اختر کو لُوٹ کر رکھ دیا۔

یہ نہیں کہ نواب اختر ایسے ہی شریف تھے کہ کبھی کسی بالاخانے کا رُخ ہی نہ

کیا ہو یہ بھی نہیں تھا کہ کبھی کسی طوائف سے مڈبھیڑ ہی نہ ہوئی ہو۔ وہ تو پشتوں کے نواب رئیس تھے۔ جن کے ہاں کے اصول ہی یہ ہوتے ہیں کہ بچے تہذیب، گفتار، آدابِ محفل اور اُٹھنے بیٹھنے کے رکھ رکھاؤ سیکھنے سکھانے خاص طور سے طوائفوں کے ہاں بھجوائے جاتے ہیں —— اُن کی زندگی اب تک خانہ داری کے بکھیڑوں سے پاک تھی —— عمر تیس سے بڑھ چلی تھی، لیکن شادی کا بوجھ انہوں نے اب تک نہیں ڈھویا تھا —— ہزاروں ہی لڑکیاں نظروں سے گزری تھیں کہ اگر شمار کرنے بیٹھتے تو صورتیں بھی یاد نہ آتیں، مگر دِل کسی کو نہ دیا —— ویسے تھی بھی یہ واہیات بات کہ کسی طوائف کو بیوی بنا لیتے —— ابّا میاں کا کہنا تھا۔ "پاؤں کی جوتی پاؤں میں ہی بھلی لگتی ہے —— گھنٹہ دو گھنٹہ شوق سے رات ساتھ گزار لو، مگر آم کا رس چوس لینے کے بعد گٹھلی چھلکے کو کون مونہہ سے لگائے پھرتا ہے —— ؟" اور حقیقت بھی یہی تھی کہ نواب اختر نے کبھی ایسا سوچا بھی نہ تھا کہ یوں بھی ہو سکتا ہے ——

مگر یوں بھی ہو گیا —— اس دن جب وہ نیلم کے کوٹھے سے اُترے تو اس طرح مرے مرے سے تھے جیسے برسوں کی بیماری جھیل کر اُٹھے ہوں —— گیت کے بول ان کے کانوں میں اب تک گونج رہے تھے —— نیلم کا جوانی سے بھرپور چہرہ جس پر گمان ہوتا تھا کہ خوب چڑھا رکھی ہے —— ان کو رہ رہ کوئی ہنگامہ کر گزرنے پر اُکسا رہا تھا —— پھر اس کی کافر ادائیں، بھولا بھولا چہرہ، جس پر طوائف ہونے کے باوجود بازاریت بالکل نہ تھی، ایسا معصوم جیسے ابھی ابھی فرشتے جنت کی کسی پاکیزہ نہر کے پانی سے مونہہ دُھلا کے گئے ہوں —— ننھی سی ناک میں چمکتی ہوئی نتھنی، اور پھر اس کا جھک کر سلام کرنا اور نیچے گریبان کا اور نیچا ہو جانا —— ایک دم ان کا خون سنسنا اٹھا: "نہیں نہیں یہ حق سوائے

میرے کسی اور کو نہیں پہنچنا چاہیے —— یہ نظارہ عام نہیں ہونا چاہیے —— نیلم کی نتھنی میں ہی اتاروں گا، اور ایسے ویسے نہیں، بیوی بنا کر!"

یہ آخری خیال اتنی تیزی اور پختگی سے ان کے ذہن میں آیا کہ وہ اپنی ہمت پر خود ہی حیرت زدہ رہ گئے —— اونچے اونچے گھوڑوں والی بگھی کے جھکولوں میں ان کا سر اِدھر اُدھر یوں ڈولنے لگا جیسے کہہ رہے ہوں "نہیں نہیں" لیکن پھر انہوں نے زور سے سر جھٹک کر اپنے آپ میں گویا اعلان کیا "نہیں کیوں؟ یہ ہوگا اور ہو کر رہے گا —— بھلا کبھی ایسا ہوا ہے کہ نواب اختر نے کوئی بات سوچی ہو اور پوری نہ کی ہو —— ؟"

رات کے کھانے کے بعد وہ چپ چپاتے، شرماتے شرماتے اماں حضور کے کمرے میں داخل ہوئے —— بڑے بیٹے تھے۔ اور اماں حضور کے ایسے چہیتے اور لاڈلے کہ اگر وہ کہتے تو کلیجہ بھی کاٹ کر کھلا دیتیں۔ جس کی زندگی کی آس ہی لے دے کے دو بیٹوں پہ ہو، وہ ماں اور سوچ بھی کیا سکتی ہے؟ بڑے نواب کی تو ساری زندگی باہر ہی باہر گھنگھرو والیوں میں ہی گزری تھی —— ان کی خوشیوں کا سارا مدار بس دو بیٹوں پر ہی تھا۔ شیرنی کی طرح بارہ بارہ برس میں اماں حضور نے دو ہی بیٹے پیدا کیے تھے۔ خود بھی کس بل میں شیرنی سے کیا کم تھیں۔ اور بیٹے تو دونوں ہی شیر تھے —— اختر بڑے۔ اصغر چھوٹے۔

بیٹے کو آتے دیکھا تو ماں کے چہرے پر ممتا کا رنگ چھا گیا —— خوش ہو کر پاندان ایک طرف سرکاتی ہوئی بولیں: "جیو میرے لال —— کیسے آئے؟"

اوّل تو وہ خود ہی مجرا دیکھ دکھا کر چڑھتی رات کو پلٹے تھے، پھر کھانا کھاتے کھاتے تک تو خوب ہی رات بھیگ چلی تھی۔ ایسے میں اتنی رات کو ان کا ماں کے پاس آنا یقیناً کسی بات کا پیش خیمہ تھا۔ وہ بات بنا کے بولے: "امی جان اب تک

جاگ رہی ہیں آپ ؟"

"ہاں بٹیا وظیفہ ختم کر کے پان کھایا اور اب سونے ہی والی تھی بس —— اچھا ہوا تم آ گئے، ورنہ یوں ہی لوٹ جانا پڑتا۔ تم بھلا مجھے نیند سے کیسے جگاتے ؟"

اماں حضور کے لہجے میں جو بے پناہ ماتا اور اعتماد تھا اس نے انہیں ایک لمحے کو ہلا دیا، مگر ہمت کر کے بول ہی اٹھے : " امی جان میں آپ کو ایک دکھ دینے آیا ہوں ——"

" دوئی ——" وہ خوشی خوشی بولیں : —" ایک دکھ کی کون بات ہے بٹیا' مجھے سو دکھ دے دے۔ مگر بول تو سہی کہ آتنی رات کو تیری نیندوں کو کس نے بے چین کیا —— ؟" شاید ماتا خود ہی ہر بات بھانپ جایا کرتی ہے۔

عشق کی بے کلی نے ان سے خوف اور تکلف چھین لیا تھا —— دھیمے مگر مضبوط لہجے میں بولے : " امی جان اگر آپ برا نہ مانیں تو میں نیلم طوائف سے شادی کر لوں ——!"

ایک لمحے کو اماں حضور چکرا سی گئیں —— بیٹے نے اجازت لینے نہ لینے کی کوئی کسر ہی باقی نہ رکھی تھی۔ صاف سیدھے لفظوں میں بس یہی تو کہا تھا کہ " اگر آپ برا نہ مانیں تو ؟" مطلب یہ کہ اگر میں برا مانوں تو بھی وہ کرے گا، وہی جو اس کے دل میں ہوگا۔ پھر خواہ مخواہ کی دھونس جمانے سے فائدہ۔ لیکن خاندان بھر میں یہ اندھیر کس نے کیا تھا کہ رنڈی کو بیوی بنا لیا ہو ؟ یوں گھڑی دو گھڑی کو جی بہلا لینا اور بات ہے، لیکن گندی نالی کے کیڑے کو عمر بھر کے لئے اپنی سیج کی زینت بنا لینا قطعی اور بات . . . . . .

یہ خاموشی دو چار لمحوں کی رہی ہو گی۔ مگر نواب اختر کو یہ محسوس ہوا جیسے وہ برسوں سے امی جان کے سامنے یونہی سر جھکائے بیٹھے ہیں اور وہ گردن نیہوڑائے

سروتے سے کھیل رہی ہیں۔

"امی جان ——" انہوں نے بس اتنا ہی کہا۔

"بٹیا تمہیں پتہ ہے، میری ساری عمر سوکنوں کا دکھ جھیلتے گزری ہے۔ یوں بھی ہوا ہے کہ رات رات بھر باز و کے کمرے میں پائلیں جھنکی ہیں اور میں واہ وا کے شور میں آنسو پیتی زندہ رہی ہوں —— لیکن یہ تم نے کبھی دیکھا ہوگا کہ تمہارے ابا میاں نے سوا میرے شادی کسی اور سے نہیں کی —— یہ سوتیا ڈاہ بس رات کی رات ہی مجھے جلاتی رہتی —— ویسے میری ستّی کا شریک تو آج تک کوئی نہ ہوا۔ تمہارے دادا حضور اور چچاؤں کے کارنامے تم سے پوشیدہ نہیں۔ تمہاری شادی بھی ماشاءاللہ سے اصغر میاں کی طرح ہو گئی ہوتی تو آج تم بھی تین چار بچوں کے باپ ہوتے —— ویسے عمر تمہاری بھی ماشاءاللہ اتنی ہے کہ تم برا بھلا سوچ سمجھ سکو۔ یہ سوچ لو میرا کیا ہے۔ آج مری کل دوسری —— کل سب بھول بھال جائیں گے کہ اس جھلملاتی چلمنوں کے پیچھے کوئی دبدبے والی نواب بیگم بھی ہوا کرتی تھیں جن کی آواز سے ہی حویلی گونج کر رہ جاتی تھی —— میرا کچھ نہیں، تم اپنا سوچو —— عمر بھر کو ماتھے پر کلنک کا ٹیکہ لگا بیٹھو گے اور یہ کبھی میں غلط کہتی ہوں، کلنک کے ٹیکے مردوں کے نہیں، عورتوں کے لگا کرتے ہیں۔ سوال صرف نسل کا ہے —— اگر رنڈی سے تمہاری کوئی اولاد ہو تو کیا تمہارے خاندان والے اسے برابری کا درجہ دیں گے؟ ارے بٹیا باز و بٹھاتے یوں ناک سُسائیں گے جیسے کھوڑے سے بدبو آ رہی ہو ——"

اتنی دیر میں نواب اختر بھی جیسے جواب کے لئے خود کو تیار کر چکے تھے۔

تڑپ کر بولے: "امی جان، میں ان لوگوں میں سے نہیں ہوں جو ہر بات میں ایک ایک کا مونہہ تکا کرتے ہیں —— بخدا میں آپ کی اولاد ہوں آپ کی مجھے نہ خاندان

کی پروا ہے نہ ناک کی، میں اس خاندان یا ندان کے جکڑ ہی سے نکل جاؤں گا۔ نیلم کو لے کر دُور کسی شہر کو چلا جاؤں گا جہاں کوئی نواب اختر کو پہچانتا ہو نہ نیلم کو —— پھر ہم نئے سرے سے زندگی کا آغاز کریں گے اُمّی جان . . .

لیکن اماں حضور نے بیٹے کی بات کاٹ دی اور دھیمے لہجے میں بولی: "یہ سب ٹھیک ہے بیٹے، مگر دُنیا میں نے بھی دیکھی ہے۔ کیا تم خود ایک رنڈی سے نباہ کر لو گے؟"

نواب اختر نے بڑے اچنبھے سے ماں کو دیکھا "اُمّی جان یہ آپ کہہ رہی ہیں۔ آپ؟ کیا آپ اپنے بیٹے کو نہیں پہچانتیں؟ آپ —— جس نے اسے اپنا خونِ دِل پلا کر پالا، پال پوس کر بڑا کیا، وہی ماں اپنے بیٹے کے مزاج سے واقف نہیں؟ کیا آپ نے نہیں آزمایا کہ میں نے جس چیز کے لئے ہٹ کی، حاصل کر کے رہا، جس چیز کو اپنا لیا اسے کبھی الگ نہ کیا۔ جس راہ پر چلا بس منزل پر ہی پہنچ کر دم لیا۔

چوکی دار نے باہر پیتل کے گھنٹے پر ٹنا ٹن دو کا عمل بجایا۔ اور ماں نے محبّت بھرے لہجہ میں کہا: "بیٹیا مجھے خوشی یہ ہے کہ میں نے سدا اپنے رسولِ مقبولؐ کا فرمان نبھایا۔ کبھی کسی بچّے کا دِل نہ توڑا —— انہیں پھول ہی سمجھا، اور اتنی ہی نرمی سے پیار کیا۔ میں اس معاملے میں بھی تمہارا دِل نہ توڑوں گی۔ لیکن ——"

وہ رُک کر بولیں: "نیلم جسے تم بیوی بنانے پر تلے ہوتے ہو، کیا اس آسانی سے تمہارے ساتھ شادی کرنے پر راضی ہو جائے گی۔ رنڈی کبھی گھر گرہستن نہیں بننا چاہتی، اسے تو صرف پیسہ عزیز ہوتا ہے اور عیش ——"

"یہ مجھے خود پتہ نہیں امّی جان، لیکن اسی لئے تو آپ سے پہلے سے پوچھ لیا کہ اگر وہ راضی ہو گئی تو یہ نہ ہو کہ آپ ناراض رہیں —— ویسے میں یہ سمجھتا ہوں

امی جان کہ وہ راضی ہو جائے گی"
"یہ تم کیسے کہہ سکتے ہو میاں؟"
"پتہ نہیں ـــــ ہو سکتا ہے میری خوش فہمی ہو۔ یا خام خیالی کہ مجھے اس کے چہرے کے بھولپن، معصومیت اور آنکھوں کی بے بسی سے ایسا اندازہ ہوا کہ وہ خود اس پیشے کو پسند نہیں کرتی ـــــ"
"خدا تمہیں خوش رکھے ـــــ" انہوں نے ٹوٹی ٹوٹی آواز سے کہا ـــــ
"جاؤ اب سو رہو بہت رات جا چکی ـــــ"
اُٹھتے اُٹھتے انہوں نے اپنا آخری خدشہ بھی ظاہر کر دیا ـــ "اور اتا میاں کو بھی پتہ چل گیا ـــــ"
اماں حضور ہنسیں ـــــ "انہیں ان کے مشغلوں سے فرصت ملے تب نا ـــــ اور جب تم شہر چھوڑنے ہی کا فیصلہ کر چکے ہو تو یہ بہانہ بھی گڑھا جا سکتا ہے کہ تم نوابی سے تنگ آ کر بزنس وغیرہ کے سلسلے میں دور جا کر بس گئے ہو ـــــ"
ایک دم نواب اختر کی آنکھوں سے جلتا جلتا پانی اُبل پڑا ـــــ یہ ماں ـــــ یہ محبت والی عظیم ماں۔ جس نے مجھ سے بڑا بیٹا ہونے کے ناطے کیسی کیسی اُمیدیں اور ارمان نہ جوڑ رکھے ہوں گے۔ ماں ممتا کے ہاتھوں کس قدر بے بس ہے کہ ہر وہ بات کر گزرنے کے لئے آمادہ ہے جس سے میرے دل کو ہلکا سا بھی سکھ پہنچ سکے ـــــ انہوں نے چاہا کہ اپنا سر جھکا کر ان کے قدموں میں رکھ دیں۔ پھر انہیں خود ہی ایسا لگا کہ یہ اماں حضور کی محبت کی بڑی سخت توہین ہو گی اور وہ دل کا درد دل میں دبائے کمرے سے نکل گئے ـــــ

نواب اختر کی رات بڑی بے کلی میں کٹی تھی۔ ماں ممتا کا جو روپ، وہ روپ

جو اولاد کی خاطر ہر قربانی دینے کو تیار ہو جاتا ہے۔ اُنہوں نے رات دیکھا تھا وہ انہیں رُلا چھوڑنے کو بہت کافی تھا۔ مگر صبح ہوتے ہوتے ان کے جذبات اور دل دونوں معمول پر آچکے تھے۔ اور عشق کا گہرا رنگ پھر ان پر غالب تھا۔ شام پڑے کسی دوست مصاحب کے بغیر ہی وہ اکیلے بگھی میں چڑھ نیلم کے ہاں جا پہنچے۔

ملکہ جان بڑے کلے ٹھلے سے پاندان سنبھالے سامنے والے کمرے میں براجمان تھیں۔ نواب اختر کو دیکھ کر مارے ادب اور چاپلوسی کے دوہری ہو گئیں۔ جانتی تھیں کہ شہر کے سب سے بڑے نواب ہیں اور ایسی آسامی مشکل سے ہی نصیب ہوتی ہے ——— گھاٹ گھاٹ کا پانی پیئے ہوئی تھیں۔ یہ بھی جان چکی تھیں کہ نیلم کی نگاہ کا وار سیدھا دل تک اُترتا چلا گیا ہے۔ اسی لئے اور خوش تھیں کہ چلو اب تو ٹھاٹ ہی ٹھاٹ ہیں ——— نواب اختر نے بلا کسی تمہید کے کہا:

"نیلم کہاں ہیں ——— ؟"

وہ خواہ مخواہ کی خوشامدی ہنسی ہنس کر بولیں: "اے حضور، اتنا بھی نہیں جانتے کہ گانے ناچنے والیوں کا یہ وقت بناؤ سنگھار کا ہوتا ہے۔ کہیں کوٹھے پر ابھی بال سکھاتی ہوگی، سنگھار کرلے۔ ابھی حاضر ہوتی ہے ———"

"اتنی شام کو بال سکھا رہی ہیں ——— ؟" نواب اختر ذرا ناگواری سے بولے:

"جی ہاں حضور، آج اس کا جی ذرا ماندہ تھا، دیر سے نہائی ہے ———"

"لیکن میں تو ان سے اسی وقت ملنا پسند کروں گا ———" نواب اختر کسی اَڑیل اور ڈھیٹ سے بچے کی طرح بولے۔

بائی جی اُن کی اُنگلی میں جگمگاتے ہیرے کو للچائی نظر سے دیکھتی اور اُٹھتی ہوئی بولیں: "جو مرضی سرکار کی ———"

نیلم جس انداز سے کمرے میں داخل ہوئی اُس نے کل سے زیادہ آج انہیں

تباہ کر کے رکھ دیا۔ سادگی کی تصویر —— سادگی بھی کیسی؟ بلے بلے۔ کھلے کھلے سیاہ گیسو، جن سے اکا دکا پانی کا قطرہ جھلمل موتی کی طرح ٹپک جاتا تھا —— نہ آنکھوں میں کاجل نہ رُخ پہ غازہ۔ ہاتھ چوڑیوں اور انگشتریوں سے بے نیاز —— سڈول پنڈلیوں پر غلاف کی مانند چڑھا ہوا سفید تنگ اطلس کا پاجامہ۔ گھیردار سفید ہی کرتا اور سفید اوڑھنی —— نواب اختر اس بے پناہ سادگی اور حسن سے مبہوت ہو کر رہ گئے —— کتنی ہی دیر انہیں بات کرنے تک کا یارا نہ رہا —— نیلم نے جب میٹھی اور پیاری سی آواز سے مخاطب کر کے "جی فرمائیے ——" کہا تو ان کی محویت ٹوٹی۔ وہ ہڑبڑا سے گئے ——

"بیٹھو —— بیٹھو —— وہ ذرا سسکتے ہوئے بے حد بڑے پن اور اپنائیت سے بولے: "کھڑی رہ کر یوں بجلیاں نہ گراؤ۔"

ایک دم نیلم کی آنکھوں میں آب دار موتی سے دو آنسو اُمڈ آئے —— بے حد دُکھ اور اپنائیت سے اتنا ہی بول سکی: "میں تو آپ کو ایک نظر دیکھ کر یہ سمجھی تھی کہ آپ اوروں سے الگ ہوں گے، لیکن آپ نے بھی بالکل عام مردوں کی سی بات کہی —— اور یہی سمجھ کر کہی نا کہ میں طوائف ہوں ——"

نواب اختر حد درجہ سراسیمہ اور پریشان ہو گئے —— ہکلا کر بولے —— "م —— م —— میں نے کیا کہا؟"

وہ اسی انداز سے بولی: "اگر آپ مجھے ایک گھریلو عورت سمجھتے تو کبھی بجلیاں گرانے کی بات نہ کہتے۔ آپ یوں بھی تو مجھے بیٹھنے کو کہہ سکتے تھے نا ——؟"

نواب اختر کے ذہن میں ایک چاند سا چمکا۔ یوں جیسے بچے کو پچکارتے ہیں، پیار اور نرمی سے بولے: "کیوں تمہیں یہ زندگی پسند نہیں ——؟"

نیلم نے اِدھر اُدھر ڈری نگاہوں سے دیکھا۔ پھر دھیرے سے کہا: "کیا

چہرہ دل کا آئینہ نہیں ہوتا ــــــ؟"

"آئینے کبھی کبھی دھوکا بھی دے جاتے ہیں"، وہ سانس بھر کر بولے۔

ایک دم نیلم جھکی، اتنا جھکی کہ اس کی جوانی اور بے پناہ خوب صورتی اپنی تمام تر گرمیوں کے ساتھ نواب اختر کو جھلسا گئی ــــــ چہرہ ان کے چہرے کے قریب لا کر بولی۔" بتایئے اس آئینے میں کس جگہ دھبہ ہے ــــــ صاف، روشن کتاب کی طرح کھلا ــــــ ایسا آئینہ دھوکا دے سکتا ہے نواب صاحب؟" پھر وہ سمٹ کر وہیں بیٹھ گئی، اور بری طرح رونے لگی ــــــ" یقین کیجئے ان برسوں میں کتنے ہی مرد اس کوٹھے پر چڑھے ہوں گے۔ لیکن جو اپنائیت اور پیار میں نے کل صرف آپ کے چہرے پر دیکھا، وہ کبھی نہیں دیکھا، کہیں نہیں دیکھا!"

نواب اختر ایک لمحے کو پریشان سے ہو گئے ــــــ مگر ایک گہری مسرت نے ان کے پریشان چہرے کو شاداب کر دیا ــــــ" تو ــــــ تو کیا میری طرح نیلم بھی محبت کا شکار ہو گئی ــــــ یہ تو بڑی ہی عجیب واردات ہو گئی"!

نیلم بے حد سچائی بھرے لہجے میں کہہ رہی تھی:" کل آپ کو دیکھا تو یوں لگا جیسے دل میں بہت سارے پھول یکبارگی چٹک اٹھے ہیں۔ رات بھر سوچتی رہی کہ کہیں میں پاگل تو نہیں ہو گئی ہوں۔ لیکن جب بھی دل میں جھانکا، یہی لگا کہ ایک چور دروازہ، جو اب تک بند تھا، کھل گیا ہے اور کوئی اس میں اس طرح داخل ہو گیا ہے کہ اب جانے کی راہ ملتی ہی نہیں ــــــ" اور اس نے خود ہی شرما کر سر جھکا لیا۔

نواب اختر کچھ آگے جھکے اور رازداری سے بولے" ہماری دلہن بنو گی؟"

نیلم نے گھبرائی ہوئی ہرنی کی طرح خوب صورت آنکھوں سے پیچھے مڑ کر دیکھا کہ کوئی آتا نہ ہو، کچھ سنتا نہ ہو، پھر تڑپا دینے والے انداز میں بولی": لیکن ایک رات کی نہیں، زندگی بھر کی ــــــ"

نواب اختر کا دل پھول کی طرح کھل اٹھا۔ لیکن شُبہ کی ایک پرچھائیں ان کے چہرے پر ڈولی۔

"بائی جی اجازت دے دیں گی؟"

نیلم نے دوسرا ہی جواب دیا۔" میں آپ کو کیسی لگتی ہوں؟"

نواب اختر نے مبہوت سا ہو کر نیلم کو دیکھا وہ کیا کہہ سکتے تھے کہ تم مجھے کیسی لگتی ہو ـــــ شاید دُنیا میں آج تک وہ الفاظ ہی تخلیق نہ ہوئے تھے جو نیلم کی صحیح تعریف کر پاتے۔ یا الفاظ مل گئے ہوتے تو زبان میں اتنی اہلیت نہ تھی کہ وہ بول ادا کر بھی دیتی جو دل میں دبے ہوئے تھے ـــــ وہ بے حد بچکانے پن سے بولے :" اتنی اچھی لگتی ہو کہ زندگی میں آج تک کوئی اتنا اچھا نہ لگا تھا۔ اسی لئے تو دلہن بنانا چاہتا ہوں ـــــ"

"یہی میں بھی آپ سے بتانا چاہتی تھی کہ جب ایک طوائف ایسی ہو کہ عمر بیس کے لگ بھگ ہو، حسن میں اس کا ثانی نہ ہو، پڑھی لکھی ہو۔ محفل کے آداب سے واقف ہو۔ ناچ گانے میں ماہر ہو اور پھر مُفت کا مال ہو ـــــ تو ہر ایک گاہک ہی اسے دُلہن بنانا چاہتا ہے ـــــ مگر ایک رات کی دُلہن ـــــ اور اس رات کا مول جب دس دس ہزار میں آجاتا ہو تو کون سی دِل والی بائی جی ایسی سونے کے انڈے دینے والی مرغی کو اپنے سے الگ کرنے کی سوچ بھی سکتی ہے؟ آپ کتنے بھولے ہیں ـــــ" وہ پیار سے ہنس پڑی ـــــ

نواب اختر نے بہت غور سے اس کی بات سن کر بڑے تعجب سے پوچھا۔

"مُفت کا مال؟ میں سمجھا نہیں ـــــ"

"مفت کا مال یوں نواب صاحب کہ پتہ نہیں میں کن بدنصیب ماں باپ کی اولاد ہوں کہ بچپن ہی سے مجھے ان سے جُدا کر دیا گیا۔ سوچتی ہوں تو کچھ بھی یاد نہیں

آتا سوائے ایک دُھندلی سی تصویر کے ـــــ میں ایک بڑے سے میلے میں اپنے ابا کی اُنگلی پکڑے گھوم رہی ہوں کہ بھیڑ بھڑکے میں وہ محبت بھرا ہاتھ اور ساتھ مجھ سے ہمیشہ کے لئے چھوٹ گیا ہے ـــــ پھر جو آنکھ کھولی تو اسی گھنگھرو اور طبلے والے ماحول میں خود کو دیکھا۔ ان ہی بائی جی نے پالا پوسا، پڑھایا لکھایا، کبھی پیار سے کبھی سختی سے۔ اور اس راستے پر لا کھڑا کیا ـــــ ظاہر ہے مُفت کا مال ہوں کہ جتنی بھی آمدنی مجھ سے ہوتی ہے ساری ان ہی کی تجوری میں جاتی ہے ـــــ میں تو سوا دو وقت کی روٹی کے اور کسی قسم کا مطالبہ کرتی ہی نہیں، کروں بھی کیا ـــــ؟" مجھے نہ پہننے کا شوق ہے نہ اوڑھنے کا ـــــ بس یوں سمجھئے کہ اُنگلی پکڑ کر جہاں وہ چاہیں لے جائیں ـــــ مگر یقین کیجئے اندر والا دِل ان تمام باتوں پر نہیں مانتا۔ پتہ نہیں کیوں، جب سے ہوش سنبھالا ہے، ایک ہی خواہش دِل کو مسوستی رہتی ہے کہ ایک چھوٹا سا گھر ہو، اپنا شوہر ہو، جو کبھی محبت کرے کبھی ڈانٹ بھی دے ـــــ چھوٹے چھوٹے دو تین بچے ہوں جو صاف ستھرے گھر کو ننھے ننھے گندے پیروں سے بار بار گندہ کریں اور میں صاف کرتی پھروں ـــــ خود ہی کام کروں، پکاؤں پیسوں، خود ہی تھک جاؤں اور میاں سے شکایت گزار ہوں کہ تمہارا تو مجھے کوئی آسرا ہی نہیں، گھر بھی دیکھوں، چولہا چکی بھی سنبھالوں، بچوں سے بھی نمٹوں، آخر دُنیا کے اور مرد بھی تو ہوتے ہیں جو بیویوں کا ہاتھ بٹاتے ہیں ـــــ اور اُس نے یہ سب کہتے کہتے سر اُٹھا کر یوں نواب اختر کو دیکھا جیسے وہی اس کے شوہر ہوں اور ان سے سچ مچ ہی گلہ کر رہی ہو ـــــ

نواب اختر کے دِل میں چھپے حاسد مرد نے سر اٹھایا ـــــ" ویسے تو تُم کہتی ہو یہ زندگی پسند نہیں۔ مگر کل ایک بازاری سا گیت تو بہت لہک لہک کر گا رہی تھیں ـــــ"

نیلم کے معصوم چہرے پر آنسوؤں بھرا کرب چھا گیا۔ سسک کر بولی: "مجھ سے مار برداشت نہیں ہوتی ——"

"مار —— ؟" نواب صاحب تڑپ کر بولے —— "باجی جی تمہیں مارتی ہیں —— ؟"

"ہاں ——" وہ روتی ہوئی بولی: "روتی صورت سے گیت گا کر ناچوں تو دام نہیں ملتے۔ اور جس دن دام نہیں ملتے میری چمڑی اُدھیڑ دی جاتی ہے —— روتے روتے وہ ہنس دی، جیسے بھری برسات میں دھوپ چمک جائے۔ "بتایئے یہ بھی کوئی زندگی ہے —— ؟"

انہوں نے اس کا ننھا سا گلابی ہاتھ اپنے ہاتھوں میں تھام لیا۔ "میں تمہیں ایک حسین زندگی دینے کا وعدہ کرتا ہوں نیلم ——"

لیکن بجائے خوش ہونے کے نیلم نے دھیرے سے اپنا ہاتھ چھڑا لیا: "مشکل ہے نواب صاحب، بہت مشکل! ہم لوگ گندی موری کے کیڑے ہوتے ہیں —— کسی مرد نے آج تک یہ ہمت نہیں کی کہ اس کیڑے کو اپنی زندگی کا ساتھی بنا لے —— وقتی ولولہ اور چیز ہے، ہمیشہ ساتھ نبھانے کا حوصلہ اور چیز —— میں ماضی میں جو کچھ بھی تھی مگر اب تو رنڈی ہی کہلاؤں گی —— کیا میں نے آپ کے خاندانی شجرے اور دبدبے کے بارے میں سُنا نہیں —— ؟ کیا یہ ممکن ہے کہ ایک خاندانی نواب ایک طوائف کو بیوی بنا لے؟ یا نبائے تو نباہ بھی کر لے۔ بہت کچھ کھونا پڑتا ہے نواب صاحب۔ جائداد، روپیہ، عزت، شہرت، ماں باپ، محبتیں —— ایک دُنیا تیاگ دینی پڑتی ہے۔ ایسا تو مجھے دُنیا میں کوئی نظر نہیں آتا ——"

"ڈیوک آف ونڈسر کے بارے میں کیا خیال ہے تمہارا؟ اُن کا نام سُنا تو

ہو گا کبھی ؟"

نیلم نے نواب اختر کے دونوں ہاتھ تھام لئے —— اس کا چہرہ جذبات کی شدت سے سرخ ہو اُٹھا تھا۔ آواز مونہہ سے نکلتی نہ تھی۔ مگر وہ زبردستی بولے جا رہی تھی: "مجھے آپ کی محبت پر پورا یقین ہے نواب صاحب، اس لئے کہ آپ نے خواب اور خیال کی باتوں کی مثال نہیں دی —— آپ حقیقت پرست ہیں تب ہی آپ نے ڈیوک کی مثال دی۔ اتنی سی بات آپ پر ایمان لانے کے لئے بہت کافی ہے —— میں آپ کی پاکیزہ اور سچی محبت کے آگے اپنا سر جھکاتی ہوں"۔ اور سر جھکاتے جھکاتے وہ پھوٹ پھوٹ کر رونے لگی۔

اتنے میں کئی بار بائی جی پھیرے مار چکی تھیں، اور دونوں کو مصروفِ راز و نیاز دیکھ کر بے حد خوش ہو رہی تھیں کہ چلو موٹی آسامی پھنس گئی۔ جب فانوسوں میں رکھے ہوئے مومی چراغ جل اُٹھے تو بائی جان کھنکھارتی ہوئی کمرے میں داخل ہو گئیں اور خوشامد سے بھری چکنی چکنی ہنسی ہنس کر بولیں: "اے لڑکی کچھ دھیان بھی ہے کہ وقت کدھر سے کدھر ڈھل گیا —— کپڑے گہنے بدلنے ہیں یا نہیں۔ —— بیٹھکے میں کتنے لوگ جمع ہو گئے ہیں"۔

اور اس جملے کے ساتھ خاص طور سے انہوں نے کن انکھیوں سے نواب اختر کی طرف دیکھا کہ چہرہ کیا کہتا ہے۔ نواب اختر کے چہرے پر ناگواری کی ایک دبیز تہہ سی چھا گئی —— بُجز بُز ہو کر بولے: "آپ ہمارے کہنے سے آج کی رات سب کو واپس لوٹا دیجئے۔"

وہ مکارانہ ہنسی ہنسیں: "اے حضور کا کہنا سر آنکھوں پر۔ مگر ——"
وہ رکیں، پھر بولیں: "آج کا ناچ اور گیت دیکھنے سننے کے وہ لوگ پہلے ہی سے ہزاروں روپے دے چکے تھے جو خرچ بھی ہو چکے —— اب کس مونہہ سے انہیں

واپس پھیروں؟"

"کتنے روپے تھے؟" وہ بے پروائی سے بولے۔

انگلیوں پر بناوٹی حساب جوڑ کر بائی جان بولیں: "سب کے ملا کے یہی کوئی سات ہزار بنتے ہیں ——"

نواب اختر نے کُرتے کی جیب سے جھل جھلاتا بٹوہ نکالا اور بائی جی کی طرف اچھال کر ناگواری سے بولے: "زیادہ ہی ہوں گے —— گن سکتی ہیں آپ"

مطلع صاف ہوگیا تو وہی نکھری نکھری پیاری صورت آنکھوں کے سامنے تھی —— نواب اختر نے بے چینی سے پوچھا: "مگر اس دوزخ سے نکلنے کی کیا صورت ہوگی ——؟"

کچھ دیر سوچنے کے بعد نیلم بولی: "بس ایک ہی راہ ہے۔ پتہ نہیں کیا بات ہے بائی جی کبھی مجھے درگاہ جانے سے منع نہیں کرتیں اور اکثر میں اکیلی بھی چلی جاتی ہوں —— بس وہیں سے کوئی راہ سوچی جا سکتی ہے"

نواب اختر خوش ہو کر بولے: "یہ تو بڑی آسان سی بات ہے۔ تم کوئی ایک دن مقرر کرلو کہ کس دن درگاہ جاؤ گی۔ اندر سے باہر آؤ گی تو میری بگھی تمہاری منتظر رہے گی —— پروگرام کے مطابق تم حویلی پہنچادی جاؤ گی" اور پھر دبی دبی خوشی ان کے چہرے سے پھوٹ پڑی۔ "پھر —— پھر تم ہمیشہ کے لئے میری ہو جاؤ گی ——"

نیلم نے عجیب خوابناک انداز میں کہنا شروع کیا —— "یہ صرف کل ہی کی تو بات ہے ناکہ آپ سورج بن کر آئے اور میری تاریک دُنیا کو جگمگا گئے ——کل اور آج کا فاصلہ کتنا کم ہے —— مگر کوئی میرے دل سے پوچھے کہ اجنبیت اور بیگانگی کے سارے پردے کس طرح ایک ایک کرکے اُٹھ گئے ہیں —— مجھے سچ مچ اب بھی

یقین نہیں آتا کہ یہ جو کچھ ہونے والا ہے حقیقت ہے ——" اور اس نے اپنے چمکیلے دانتوں تلے زور سے اُنگلی دبائی ——

نواب اختر نے لپک کر اس کا ہاتھ پکڑ لیا ——"کیا حماقت کرتی ہو، کبھی خون نکل آیا تو ——؟"

"اس محبت کے انداز پر میری سو جانیں ہوں تو وہ بھی نثار —— زندگی میں اس بات کی کب توقع تھی کہ ایسی چاہت بھی مجھے نصیب ہوگی۔" اس کی آنکھیں اشک بار ہو گئیں۔

"اچھا تو تم اگلی جمعرات کو درگاہ پہنچ رہی ہو نا ——" نواب اختر نے زندگی بھر کی خوشیاں لہجے میں سمیٹ کر کہا۔

"انشاء اللہ پورا بھروسہ رکھئے ——"

"تو پھر میں چلوں ؟"

"آج تو جی چاہتا ہے کہ وقت یہیں تھم جائے۔ اگر میرے بس میں ہوتا تو اس لمحہ بہ لمحہ سرکتے چاند کو پکڑ کر اپنے ماتھے پر جھومر بنا کر سجا لیتی کہ وہیں اٹک کر رہ جائے۔ ان دم بہ دم چمکتے ستاروں کو توڑ کر اپنی اوڑھنی میں کامدانی بنا کر ٹانک لیتی کہ رات یہیں رُک جائے —— لیکن مجھے خوشی یوں بھی ہے کہ ان گزرتی گھڑیوں کے ساتھ ساتھ میری زندگی کی ابتدا اور خوشیاں قریب سے قریب تر ہوتی جائیں گی۔ خدا حافظ —— اللہ نگہبان ——" نیلم کے لہجے میں محبت کرنے والی بیوی کا سارا پیار سمٹ آیا تھا ——

سیاہ برقعے میں لپٹی لپٹائی نیلم درگاہ سے نکلی اور حویلی سے آئی ہوئی بگھی میں جھجکتے، لرزتے قدموں سے، مگر دل میں گہرا اعتماد لئے یوں دھیرے دھیرے چڑھی جیسے نئی نئی دُلہن پالکی میں سوار ہوتی ہے —— ایک لمحے کو اس کا دل زور سے ڈگمگا

گیا۔ "کہیں ایسا نہ ہو کر چوکھٹے سے نکل کر بھٹی میں جا پڑوں ـــــ پھر کیا ہوگا، وہی در در کی ٹھوکریں، وہی نصیبوں کی مار ـــــ"، لیکن دوسرے ہی لمحے اس نے ان فاسد خیالات کو ذہن سے جھٹک دیا ـــــ اور گھر گرہستی کے خواب بُننے لگی ـــــ نوّاب اختر سب کچھ ہو سکتے تھے، لیکن دغاباز نہیں ہو سکتے تھے۔ ان کے چہرے کی شرافت نے یاد آکر اسے اپنے آپ ہی شرمندہ کر دیا ـــــ

نوّاب اختر کو پیچھے چھوٹ آنے والا زمانہ بالکل یاد نہ رہا۔ یہ بھی یاد نہ رہا کہ امی جان کیسی عظیم محبت والی خاتون ہیں کہ اتنے بڑے حادثے کو وہ یوں برداشت کر گئیں کہ نہ صرف بہو کا موہنہ دیکھا بلکہ وہ بھاری اور تولوں کا مدار جوڑے اور وزنی زیورات تک سونپ دیئے جو اس لئے سینت کر رکھے تھے کہ کسی خاندانی بڑے نوّاب گھرانے کی بہو لاؤں گی تو چڑھاوے میں لے جاؤں گی۔ وہ یہ بھی بھول گئے کہ جب انہوں نے ابا حضور سے نیلم کو ساتھ لے جا کر یہ کہا تھا " ابا حضور ـــــ یہ آپ کی بہو ہے "، تو وہ کس طرح موہنہ پھیر کر کھڑے ہو گئے تھے اور ان کا بھاری بھرکم وجود کس طرح خزاں کے مارے ہوئے پتّے کی طرح لرز لرز اُٹھتا تھا۔ انہیں یہ بھی یاد نہ رہا کہ خاندان بھر میں اور جان پہچان والوں میں کس طرح تھڑی تھڑی مچ گئی تھی کہ رنڈی کو بیوی بنا لیا ہے۔ انہیں صرف یہ یاد تھا کہ انہوں نے جو سوچا تھا کر لیا تھا ـــــ محبت کو جیت لیا تھا ـــــ ان کی بیوی کو دُنیا والوں کے طعنے تشنوں کا سامنا نہ کرنا پڑے۔ اسی لئے وہ اپنے آبائی وطن کو چھوڑ کر اتنی دور بمبئی آبسے تھے۔ اس لئے کہ اسی طرح وہ اپنے دل کی ملکہ کو خوش رکھ سکتے تھے انہوں نے جو سوچا کر دکھایا، ان کی تمام زندگی کا مصرف بس اب یہ رہ گیا تھا کہ وہ اسے زیادہ سے زیادہ خوشی دیں۔ اور یہ حقیقت تھی کہ اب جب کہ زندگی کے

کتنے ماہ و سال گزر چلے تھے ـــــ وہ آج بھی اسی والہانہ انداز سے اسے چاہے جا رہے تھے۔ انہوں نے اپنی جان پہچان کے لوگوں سے بالکل ناطہ توڑ لیا تھا کہ کہیں وہ آئیں اور کوئی چھوٹی سی بات بھی ایسی کر جائیں جس سے ان کی بیوی کا دل دُکھ جائے اور اسے یہ یاد آجائے کہ دراصل وہ اسے بیوی کا درجہ نہیں دیتے ـــــ انہوں نے اس کا نام بھی بدل دیا تھا ـــــ نیلم سے بانا ریت کی بُو آتی تھی ـــــ اب وہ اسے پتلی کہتے تھے۔ جو سچ مچ اُن کی آنکھ کی پُتلی تھی۔

ایک دن پُتلی نے ان سے یوں ہی پوچھ لیا: "پتہ نہیں کیا بات ہے۔ حقیقت ہے یا میرا وہم، بہر حال مجھے یوں لگتا ہے کہ آپ نے کوئی خوشی کھو دی ہے ـــــ"

"کیا کہہ رہی ہو جان، میں نے کوئی خوشی کھوئی ہے؟ ارے میں نے تو تم کو پا کر ایک دُنیا پائی ہے ـــــ کیا کھویا اور کیا پایا، اس کا حساب تو مجھے ہی معلوم ہے ـــــ"

پُتلی اُداس ہو گئی، بولی: "میں نے تو سبھی کچھ پا لیا، لیکن خُدا اگر اولاد بھی دے دیتا تو میری ساری زندگی سنور جاتی ـــــ پھر میں شاید دُنیا کی سب سے خوش نصیب عورت ہوتی ـــــ"

"ممکن ہے اولاد نہ دے کر خُدا نے اچھا ہی کیا ہو ـــــ" نواب اختر ذرا آزردگی سے بولے۔

زندگی میں پہلی بار پتلی کے دل میں کسی نامعلوم شُبہ نے سر اٹھایا۔ چونک کر بولی: "کیوں؟ یہ بات آپ نے کیسے کہی؟"

"نہیں ایسے ہی کہہ دی ـــــ" نواب اختر ٹال گئے ـــــ "کوئی خاص بات نہیں ـــــ"

"اتنی بڑی بات ایسے ہی نہیں کہہ دی جاتی۔ آپ کے دل میں جو ہے آپ صاف کہتے کیوں نہیں۔؟ یہی نا کہ ہمارا بیٹا بڑا ہوتا اور لوگ انگلی اٹھا کر کہتے کہ یہ رنڈی کے بطن سے ہے تو شاید وہ برداشت نہ کرپاتا۔ کیوں میں نے جھوٹ تو نہیں کہا نا——؟"

نواب اختر گھبرا گئے——میرے دل میں گھس کر اس نے کیسے بات کی تہہ پالی——؟ کیا اتنے دنوں میں بھی ایک بچے کے بارے میں نہیں سوچتا رہا——اور کیا ہر بار یہی خیال میرے ذہن کو کچوکے نہیں دیتا رہا؟ وہ بلند آواز سے بظاہر ہنس کر بولے: "کمال کرتی ہو تم بھی، تو دل میں آئے سوچ لیتی ہو، اور پھر اس پر رونے بھی لگتی ہو——" انہوں نے سسکتی ہوئی پتلی کو سینے سے لگالیا——

اس دن کی آزردگی نواب اختر کو ایسی لپٹی کہ اب ان کا زیادہ وقت اداس اداس ہی گزرتا۔ کام دھام تو انہیں پہلے بھی نہ تھا۔ اب بھی وطن سے ایک بندھی ہوئی آمدنی یہ پہنچ جاتی تھی۔ لیکن زندگی میں سونے پن کا احساس شدید سے شدید تر ہوتا جاتا تھا——ویسے دیکھا جائے تو مرد آدمی کے لئے یہ بات بے بھی بے ڈھب کہ خالی بیٹھا رہے، زندگی میں کچھ نہ کچھ مصروفیت تو ہونی ہی چاہیئے——لیکن نواب اختر کا یہ تھا کہ یوں کہ نواب تھے تو کام تو کبھی کیا ہی نہ تھا، کنوارپن میں البتہ شکار، کبھی شطرنج، کبھی کھیل تماشے اور کبھی ادھر ادھر "تاک جھانک" کر لیتے تھے——لیکن اب تو سب کچھ تج دیا تھا۔ حد یہ کہ اب کبھی کبھار کیرم پر آکر ٹک گئی تھی تو وہ بھی بیوی سے ایک آدھ بازی کھیل کر اکتا جاتے تھے——لے دے کر اتنا مشغلہ رہ گیا تھا کہ کبھی دل نہ لگے تو کار میں بیوی کو بٹھال کر بمبئی کی چکنی چکنی لمبی لمبی سیاہ سڑکوں پر لمبی ڈرائیو کے لئے نکل گئے——لیکن چند روز سے

وہ اس طرف سے بھی بددِل ہو گئے تھے ـــــ ان کی صحت بھی جواب دیتی جا رہی تھی ـــــ ویسے تو عمر کا بھی تقاضا تھا۔ لیکن بال کچھ زیادہ ہی تیزی سے سفید ہوتے جا رہے تھے ـــــ دھیرے دھیرے ان کے سینے میں بھی درد رہنے لگا ـــــ اکثر بیٹھے بیٹھے دِل پکڑ لیتے ـــــ تِتلی ان کی یہ حالت دیکھتی مگر کچھ سمجھ نہ پاتی۔ کیوں کہ ان کے تعلق سے وہ محبت کے علاوہ کچھ اور سوچ بھی نہ سکتی تھی ایک دن ان کو زیادہ تکلیف تھی، تِتلی انہیں بے حد مجبور کر کے خود ممبئی کے بڑے ہسپتال لے گئی۔ وہاں ان کے معائنے ہوئے اور اگلے ہفتہ پھر بُلایا گیا ـــــ اسی طرح کئی بار کے آنے جانے اور کئی معائنوں کے بعد ایک دن انہیں یہ سنایا گیا کہ انہیں کینسر ہو چکا ہے۔ کچھ تو مرض ہی تکلیف دہ اور پھر اس سے سوا یہ احساس کہ میں کینسر کا مریض ہوں ـــــ نواب اختر بالکل ہی بستر سے لگ کر رہ گئے۔ مارے تکلیف کے ان کا چہرہ ذرا سا نکل آیا ـــــ تِتلی نے خدمت گزاری میں دِن رات ایک کر دیے۔ جب دیکھو تب بستر سے لگی کھڑی ہے ـــــ نہ دن کو دِن سمجھا نہ رات کو رات ـــــ جب بھی نواب اختر کی آنکھ کھلتی، دیکھتے کہ تِتلی پاس ہی بیٹھی ہے ـــــ وہ اسے بار بار سونے کو کہتے مگر وہ ٹال جاتی ـــــ حد یہ تھی کہ دِن میں بھی نہ سوتی۔ مُسلسل جاگنے سے یہ ہُوا کہ اس کی نیند ہی اُڑ گئی۔ اب تو اگر وہ سونا چاہتی تو بھی شاید ہی آنکھیں جھپک پاتیں ـــــ بس ایک ہی دُھن اور ایک ہی دُعا تھی کہ "اے خُدا تو میرا سہاگ لازوال کر دے۔ ان کے سارے دُکھ مجھے دے دے ـــــ"، لیکن جس کے دُکھ ہوں اُسی کو بھوگنے پڑتے ہیں۔ نواب اختر اور بھی گھُلتے گئے۔

ایک دِن تِتلی نے اپنی ایک سہیلی کی رائے دینے پر ایک سن رسیدہ اور تجربہ کار حکیم صاحب کو بُلوا لیا ـــــ بڑی دیر تک وہ معائنہ کرتے رہے، اور پھر

وثوق سے بولے "میں شرطیہ کہتا ہوں کہ آپ کو کینسر وینسر کچھ نہیں ہے ـــــ" بیماری کی زردی کے باوجود ایسی اُمیدافزا بات سُن کر نواب اختر کے چہرے پر سُرخی جھلملا گئی ـــــ حکیم صاحب کہتے رہے: "ایکسرے میں غلط عکس نہیں اُتر سکتا، لیکن میں آپ کو بتاؤں کہ جس کو سب اور آپ کینسر سمجھ بیٹھے ہیں وہ کینسر نہیں غم کا زخم ہے ـــــ"

"جی ـــــ" نواب اختر نے حیرت سے پوچھا: "کیا فرمایا آپ نے؟"

"جی ہاں۔ میرے علاج میں کئی ایسے مریض رہے ہیں جن کو کسی نہ کسی غم یا صدمے نے بے حد مار رکھا تھا۔ ایسا کہ وہ کسی سے اظہار تک نہ کر پاتے، اور سہتے رہنے کی ایک حد وہ بھی آئی کہ سینے میں ایک آبلہ سا اُبھر آیا۔ اور آپ کو حیرت ہوگی کہ جب نفسیاتی طور پر ان کا علاج کیا گیا اور ان سے کھُل کر دل کی بات کہہ دینے کو کہا گیا اور انہوں نے وہ بات کہہ بھی دی تو چند روز میں وہ زخم مندمل ہو گئے ـــــ" حکیم صاحب اتنا کہہ کر چُپ ہو گئے ـــــ نواب اختر بھی بہت دیر تک لیٹے رہے۔

ممکن ہے آپ کے دِل میں کوئی زخم ایسا پل رہا ہو کہ جس کو آپ اپنی شریکِ حیات تک سے نہ کہہ سکے ہوں۔ میں اس غم کی نوعیت نہیں جانتا۔ لیکن یہ وثوق سے کہہ سکتا ہوں کہ آپ کی زندگی کو کسی نہ کسی غم نے دبوچ ضرور رکھا ہے ـــــ اگر ایسا نہ ہوا تو میں اپنی طبابت کو لات مار دوں گا ـــــ"، بڑی دیر تک عجیب سی خاموشی پورے ماحول پر چھائی رہی ـــــ پھر حکیم صاحب خود ہی بول اُٹھے ـــــ "لیکن میں آپ کا علاج دواؤں سے بھی کروں گا، اس لئے کہ یہ سوچ سوچ کر کہ آپ کینسر کے مریض ہیں ـــــ آپ ضرورت سے زیادہ کمزور ہو گئے ہیں ـــــ خدا نے چاہا تو آپ چند ہی دِن میں حواسوں سے بڑھ کر جوان ہو جائیں گے ـــــ"

برابر کے کمرے میں پُتلی فرطِ مسرت سے کانپ رہی تھی ——" اگر اللہ نے ایسا کر دیا —— انہیں کینسر نہ ہوا، وہ کس قدر خوش ہوگی "!

حکیم صاحب کے چلے جانے کے بعد وہ کمرے میں آئی تو اس طرح جیسے شراب پی رکھی ہو —— ہاں اس نے خوشی کی شراب ہی تو پی رکھی تھی۔ قدم رکھتی کہیں تھی، پڑتا کہیں تھا۔ اس کا دِل نئی خوشیوں سے معمور تھا۔

"آپ نے سُنا حکیم صاحب کیا کہتے تھے؟" وہ چہچہائی۔

"مریضوں کو خوش کرنے کے لئے معالج سدا ایسی ہی باتیں کرتے ہیں"۔ وہ اوپری بناوٹ سے بولے۔ حالاں کہ اُن کا اپنا دِل خوشی سے اُچھل رہا تھا۔

"مگر مجھے تو پورا یقین ہے کہ حکیم صاحب کی تشخیص صحیح ہے —— لیکن ——" وہ رُک رُک کے لہجے میں بولی: "مجھے بڑی عجیب سی بات یہ لگی کہ پتہ نہیں کہ آپ کے دِل کو کون سا غم دبوچے ہوئے ہے جس نے پھوڑے کی شکل اختیار کر لی ہے ——"

نواب اختر کا ہنستا ہوا چہرہ سنجیدہ ہو گیا بولے: "کیا سچ مچ تمہیں حکیم صاحب کی تشخیص صحیح لگی ——؟"

"میں تو ایمان لے آئی ——" وہ گہرے یقین سے بولی۔

"تو اسی خوشی میں آج رات تم نیند بھر کر سو جاؤ —— اس لئے کہ میری اس نامراد بیماری میں تم نے اپنی ان پیاری پیاری نرگسی آنکھوں پر نیند حرام کر لی ہے ——" پتلی حیرت سے بولی: "آپ کو ایک بات پر تعجب ہوگا کہ مسلسل جاگنے سے اب یہ ہو گیا ہے کہ مجھے فرصت ملے اور سونا چاہوں تو بھی نیند آتی ہی نہیں ——، کل جب آپ سو رہے تھے تو میں نے سوچا میں بھی دو گھڑی آنکھ جھپکا لوں —— ساری رات یوں ہی بیت گئی۔ چاند اِدھر سے اُدھر ہو گیا،

سُورج نکل آیا، مگر میں پڑی جاگتی رہی ——"

"یہ تو بڑی خراب بات ہے —— ایک طرح کی بیماری ہی سمجھو —— کل حکیم صاحب آئیں تو دکھا لینا ——"

حکیم صاحب کا علاج اور طریقِ کار ایسا تھا کہ واقعی آہستہ آہستہ نواب اختر صحت مندی کی طرف آتے گئے۔ پہلے وہ حکیم صاحب کی آمد کے وقت بہت جھلائے جھلائے سے رہتے لیکن دھیرے دھیرے یہ ہوا کہ وہ بے چینی سے گھڑی دیکھ کر وقت گزارنے لگے کہ کب حکیم صاحب کے آنے کا ٹائم قریب آتا ہے۔

ایک دِن اچانک حکیم صاحب نے نواب اختر سے پوچھ لیا جیسے کوئی بات ہی نہ ہو —— "تو نواب صاحب آپ نے یہ تو بتایا ہی نہیں کہ آپ کو کس غم نے ان حالوں تک پہنچایا تھا ——"

بہت دیر تک تو نواب اختر چُپ ہی رہے۔ پھر اچانک انہیں یہ خیال آیا کہ ممکن ہے زندگی بھر پھر کبھی کوئی دوست اور ہمدرد ملے نہ ملے اور دِل کی گھٹن اتنی بڑھے کہ پھر سے وہ فریشں ہو جائیں —— بہت سنبھل سنبھل کر وہ کہنے لگے ——

"حکیم صاحب —— جوانی میں ایک بھول ہو گئی تھی ——" بازو کے کمرے میں پتّلی چونک اُٹھی ——

حکیم صاحب ہمہ تن گوش بن گئے۔ "کیسی بھول؟"

اِدھر اُدھر دیکھ کر کہ کہیں پتّلی سُن نہ رہی ہو وہ ٹھہرے ہوئے لہجے میں کہنے لگے "پتہ نہیں حکیم صاحب آپ نے محبت کی ہے یا نہیں —— مَیں نے کی تھی اور محبت جیتی بھی —— لیکن یہ سُن کر آپ کو حیرت ہو گی کہ میری محبت کا مرکز اور کوئی نہیں، ایک طوائف تھی، جسے مَیں نے ہر ممکن کوشش سے بیوی بنا کر

ہی چھوڑا ـــــ مجھے گویا سب کچھ مِل گیا ـــــ سب کچھ پا لیا ـــــ لیکن . . . .''
وہ کچھ رُک کے : '' لیکن حکیم صاحب جب سر میں سفید بال اور چہرے پر جُھرّیاں نمودار ہوئیں تو مجھے یہ احساس ہوا کہ میں نے پایا تو کچھ نہیں ـــــ محبّت کو میں آج بھی افضل مانتا ہوں، لیکن ہے تو وہ ایک غیر مادّی شے ہی ـــــ میں ایک دُنیا سے اس محبّت کے لیے ٹوٹ گیا۔ دُنیا میں ہوتے ہوئے بھی دُنیا سے دُور ہو گیا ـــــ اور جب سوچتا ہوں کہ یہ سب کیوں ہوا تو اس لیے کہ وہ طوائف تھی۔ اگر شریف خاندانی ہوتی تو کیوں یوں مُونہہ چھپا کر زندگی گزارنی پڑتی؟ لیکن بھُول کا انجام کیا ہوتا ہے؟ عورت کے لیے آنسو اور مرد کے لیے پچھتاوا اور غم ـــــ سو آپ میری عالت دیکھ ہی رہے ہیں۔ حالانکہ یقین کیجیے۔ مجھے یہ اعتراف ہے کہ زندگی میں اس سے بہتر بیوی شاید ہی مل سکتی ہوتی ـــــ'' نوّاب اختر چُپ ہو گئے۔
حکیم صاحب سر ہلاتے رہے۔ جب اُنھوں نے دیکھا کہ مریض کا دِل ہلکا ہو چکا ہے اور جذبات ٹھنڈے پڑ چکے ہیں تو اُٹھتے ہوئے بولے : '' خیر آپ اس کا خیال نہ کریں ـــــ یہ ایسی کوئی بھُول نہ تھی جس پر آپ اتنا پریشان ہوتے کہ زندگی لُٹا بیٹھتے، جب کہ آپ کو یہ اعتراف بھی ہے کہ آپ کی بیوی دُنیا میں واحد بیوی ہے جو اتنی صفات کی حامل ہے . . . . . .''
''جی ہاں، یہ تو میں مرتے دَم تک کہوں گا ـــــ'' نوّاب اختر بولے۔
پھر حکیم صاحب کو اُٹھتا دیکھ کر وہ اچانک جیسے کچھ یاد کر کے بولے : '' ارے سُنئے حکیم صاحب، دماغ پر پتھّر پڑ گئے ہیں ـــــ کچھ یاد ہی نہیں رہتا ـــــ روز آپ سے کہنا چاہتا ہوں کہ ذرا بیگم صاحبہ کو بھی دیکھ لیجیے۔ پتہ نہیں کیا بیماری ہو گئی ہے کہ سونا چاہئیں بھی تو نیند آتی ہی نہیں ـــــ بے چاری میری تیمارداری اور خدمت میں اِتنا جاگی ہیں کہ اب نیند ہی اُڑ کر رہ گئی ـــــ''

"فکر نہ کیجئے۔ زیادہ پریشانی میں عموماً ایسا ہو جاتا ہے۔ پھر بیگم صاحبہ تو آپ کو بے حد ہی چاہتی ہیں، کیوں کہ جب بھی میں نے دیکھا یہی دیکھا کہ آپ کے لئے کچھ نہ کچھ پکارہی ہیں —— آپ کا کام کر رہی ہیں . . . . . . "

حکیم صاحب کھنکارتے ہوئے برابر کے کمرے میں داخل ہوئے اور پلنگ پر لیٹی ہوئی پتلی کی نبض دیکھنے کے لئے اس کی کلائی تھامی تو انہیں پتہ چلا کہ بغیر کسی دوا کے وہ ایسی نیند سو چکی ہے جس سے آج تک کوئی نہیں جاگ سکا ——